— 書き下ろし長編官能小説 —

発情温泉の兄嫁

北條拓人

JN052799

竹書房ラブロマン文庫

目次

この作品は、竹書房ラブロマン文庫のために
書き下ろされたものです。

序章

「失礼いたします……。お連れの藤原《ふじわら》様がお見えになりました」

仲居が部屋の中へそう呼びかけたのを聞いて、案内された藤原颯太《そうた》は違和感を覚えた。

「湯治《とうじ》を兼《か》ねて、ゆっくりと温泉宿で過ごしませんか？」

颯太がここを訪れたのは、兄嫁の佳純《かすみ》からそう誘われたからだ。

三泊四日の鄙《ひな》びた温泉宿への旅は、当初兄夫婦が予定していたもの。けれど直前になり、どうしても仕事の都合がつかなくなった兄に代わり、右手を骨折した颯太の湯治にもなるからと突然にお鉢《はち》が回ってきたのだ。

兄と結婚して十年になる佳純。初めて彼女を見た瞬間から颯太は恋をした。

旧家の出であり、清楚《せいそ》で奥ゆかしい佳純は兄嫁であり、十歳も年上の大人の女性。

そんな彼女に、自分の想いを告げられるはずもない。

二年前、家業を継《つ》ぐ兄が夫婦ともども実家に同居することが決まったため、わざと颯太は実家から遠い大学を選び、入れ替わるように実家を出ている。

そんな颯太だったから兄嫁からの突然の誘いに、内心ではまずいと思いながらも断ることはできなかった。

電車の乗り換えの都合もあり、はじめから兄嫁とは、ここで落ち合う約束となっていた。その車中も、膨《ふく》れ上がる期待にまるで思春期の少年のようにドキドキしながら過ごした。

「藤原様がお着きですよ」と、再び仲居が声を掛ける様子を見て、ようやく颯太は違和感の正体に気がついた。

部屋で待っているはずの兄嫁も藤原姓なのだから「藤原様がお着きですよ」は、おかしいのではないか。

けれどその仲居は、奥の部屋からの返事がないことにもお構いなしで、「あとから若女将が挨拶に参りますので」と、颯太を置いてけぼりに退散した。

残された颯太は、やむなく部屋の入り口を通り、襖《ふすま》を開けて中へと歩を進めた。

「ふーん。思ったよりも広い部屋だな……。奥にも部屋があるんだ……」

兄嫁と同じ部屋で過ごすとは聞いていなかったが、もしかするとそれもアリかと内心に期待していた。けれど、その場合も身持ちの堅い貞淑《ていしゅく》な義姉《あね》のことだから、当然、二間《ふたま》の続き部屋になっていて、寝る場所は別々だろうと予測していた。

その予想通り、和室の奥には閉じた襖があり、別の部屋が続いているようだ。

「義姉《ねえ》さぁん……。俺です。颯太です。今着きました。開けますよぉ」

兄嫁に挨拶しようと声を掛ける。その声を間延《まの》びさせたのは、万が一、佳純が着替えなどをしていても、対処できるように気を使ったからだ。

「お義姉さぁん……。佳純さぁん？」

依然として返事がないのは、もしかして颯太を待ちくたびれて居眠りでもしているのかも知れない。そう考えながら迷った挙句に、颯太は閉じられていた襖をおずおずと開いた。

途端《とたん》に、颯太は驚きの光景を目の当《まあ》たりにする。

その部屋に面したバルコニーには、露天風呂が設置されていて、そこに入浴中の女性の姿があったからだ。

露天風呂と部屋との仕切りはガラス張りで、こちら側から丸見えだった。

温泉から立ち込める湯煙と、ガラスに付着した結露のせいで、薄ぼんやりはしているものの、確かに女性が一人湯船に浸《つ》かっている。

（ね、義姉さんが、露天風呂に入っている……！）

幸いにもこちらに背を向け、湯船に浸かっているため、未だ颯太の存在に気づいていないらしい。

（ま、まずいよ。入浴中の義姉さんを覗《のぞ》くなんて……）

いけないとは判っていても、想い人の入浴姿を一目《ひとめ》覗き見たくて目を逸《そ》らすことができない。

背中まである髪を後頭部にまとめ、ほっそりとした白い首筋を覗かせ、艶《あで》やかにもしっとりとした色気を放っている。

ぞくぞくするほどのおんな振りは、曇ったガラス越しにも隠せないほど。

やがて颯太がうっとり見惚《みと》れているなどつゆ知らず、濡れた背中が湯船からすっくと立ちあがった。

白い背中から続く細い括《くび》れたウエストは、おんならしい丸みがなめらかで、砂時計さながらに絞り込まれている。しかも、そこから大きく左右に張り出した腰つきの見事なボリュームを、艶《なま》めかしく際立《きわだ》たせるのだ。

腰高のヒップは、ずっしりと実った印象ながらキュッと持ち上がった逆ハート形を形成し、いかにもやわらかそうに揺れている。

温泉の水滴《すいてき》が、その女体を滑るさまは、未だに水を弾《はじ》き飛ばす美肌のきめ細かさと弾力《だんりょく》を証明している。

しかし、その悩ましい後ろ姿に颯太は、どこか違和感を覚えた。

（んっ……。あ、あれ？　義姉さん……じゃない？）

ガラスの結露や湯煙で細部は判然としないし、背格好は似ている気もするが、やはり別人のように思える。

だとしたら義姉の入浴を覗く以上に、この状況はまずい。

慌てて、退散しようとしたが間に合わなかった。

くるりと、その女性がこちら側を向いたのだ。

現役モデルも顔負けなまでに、ムンと牝《めす》が匂い立つほど素晴らしいプロポーション。すらりとした肢体と健康的な肉体美が眩《まぶ》しい限り。しかもその胸元では、推定85センチ越えしてEカップ以上もありそうな美巨乳が、悩ましくも牡《おす》を魅了しているのだ。

が、しかしと言うかやはりと言うか、その女性は佳純ではない。

美人であることに相違はないのだが、佳純がいかにも和風を匂わせる美女なのに対し、彼女の美貌《びぼう》はハーフかと思わせる洋風の顔立ちをしている。しかも三十路《みそじ》に突入した佳純よりも、恐らく五つくらいは若いであろう。

（ああ、それにしても、なんてきれいなプロポーションなのだろう……）

この裸身の前では、どんな男であっても、無力にされてしまうに違いない。

「……きゃーっ！　痴漢～～っ！」

見知らぬ男がいることに呆然《ぼうぜん》としていたのか、少し間《ま》が空いたが、唐突に彼女は悲鳴を上げはじめた。自らの裸身を両腕で抱き抱えるようにして、ザブンと再び湯船に身を隠す。当然の反応と颯太は冷静に頷《うなず》いた。

どうやら、藤原姓はよくある苗字だから同姓の他の客と間違えて案内されたらしい。

妙に冷静に状況を観察できるものの、正直、自分はどうリアクションを取るべきか判らずにいる。

「痴漢よーっ。誰か、助けてぇ～～っ！」

大きな声で悲鳴を上げまくる彼女に、すぐに人が集まるだろうと予測もついた。

第一章　混浴のまぐわい湯

1

「大変ご迷惑をおかけしました。お怪我をされているお客様に対し、あろうことか乱暴まで……」

若女将を名乗る美しい女性が、颯太に向かって丁寧に謝罪を繰り返す。

（この人も相当な美人だなぁ……！　ふうん、遠野《とおの》玲奈《れな》さんか……）

龍雲荘《りゅううんそう》　若女将　遠野玲奈——。手渡された名刺の文字とその美貌を交互に見比べながら颯太はのんきにそんなことを考えていた。

「本当に、ひどい迷惑です。颯太さんを痴漢扱《あつか》いするなんて……」

普段おっとりしている佳純が、本気で憤《いきどお》ってくれている。それが颯太には、うれしいような、こそばゆいような思いだ。

(ああ、義姉さんの怒った顔なんてはじめて見た。俺のために怒ってくれているのに不謹慎《ふきんしん》だけど、義姉さんが怒ると、なんだろう、物凄く色っぽい……)

いつもはやさしい切れ長の瞳《ひとみ》に険を含《ふく》み、黒曜石煌《こくようせききら》めく黒目がちの双眸《そうぼう》が一歩も引かぬとばかりに、凛《りん》とした気迫を露わにしている。

ぽってりとした花びらさながらの色香漂《ただよ》う唇をきゅっと固く結び、丸く滑《なめ》らかな額に柳葉のような眉をキッと引き締め、眉間には険しい皺《しわ》さえ寄せている。

うりざね型の美貌を青白く冴えさせて怒る佳純の意外なまでの迫力と、その凄絶な美しさには、佳純よりも二つか三つ年嵩《としかさ》であろう若女将もたじたじの様子。

普段は微《かす》かにすみれ色を溶かした漆黒《しっこく》の豊かなロングヘアを、今はひっ詰めにしてシニョンにまとめている分、眦《まなじり》がいつもより上がり気味なのが、颯太を守ろうとするあまり余計にきつく感じさせている。それでいて、それが一種独特の色気になり、ゾクゾクするようなおんな振りに映るのだ。

(うっわあぁ。義姉さんって、怒らせるとこんなに怖いんだ。ああ、なのに、すっごく綺麗だ……)

その姿たるや子供を守る鬼子母神《きしもじん》さながら。恐ろしいやら美しいやらで、颯太はおよそ一年ぶりに目にした義姉から目が離せない。

そんな義姉の怒りようとは裏腹に、むしろ颯太は恐縮する想いがした。

あのあと、颯太はとりあえずヒステリックに泣きわめく裸の彼女を宥《なだ》めようと試みたのだが、そこへ駆けつけた他の客たちによって、取り囲まれてしまったのだった。

すぐに佳純や従業員が駆けつけてくれたお陰で、どうにか痴漢の容疑は晴れたものの、他の客たちからは多少、小突かれたりしたのである。

確かに客観的に見ると、颯太はひどい目にあったように見えるが、実は当の本人はそれほど気を悪くしていない。

むろん、間違えて部屋に案内されたおかげで痴漢扱いされたのだから、自分も被害《ひがい》者《しゃ》のひとりであるのかもしれない。けれど不可抗力であったにせよ、入浴中のうら若き女性客の入浴を覗いたことは事実なのだ。

もしも目的通り義姉を覗き見したのであれば、これほどの大ごとにはならなかったかもしれない。それでも覗きは覗きだ。

だからこそ、まるで颯太の代わりに怒ってくれているかのような佳純に、申し訳ない気持ちでいっぱいだった。

「あの……。義姉さん。もう、いいですから……。若女将さんも、もうそんなに謝らないでください……」

そう口にしつつ「俺にも、非があるのですから……」と続けようとした言葉を喉奥《のどおく》に呑み込んだ。

まさか、佳純が同席しているのに「入浴中の義姉さんを覗こうとしていたものでして……」などと口が裂けても言えるはずがない。

それに颯太としては内心、むしろ、いい目の保養ができたとさえ思っていた。

「ただ……。えーと、風祭《かざまつり》さんでしたっけ、彼女には俺からも謝罪を……。あの人の……その……裸を見たのは確かですし……」

最大の被害者は、颯太にじっくり裸身を晒《さら》してしまった、風祭紗彩《さや》というあの女性客だ。彼女は颯太と同じ藤原姓の友人と待ち合わせていたそうで、それゆえにあんな恥ずかしい目にあったのだ。

「俺の方は、名前を取り違えられるのはよくあることで、別に……。それよりも、風祭さんには、たっぷりと謝罪したほうが……」

「それはもう、もちろん。ご心配なさらずとも……。先ほどから女将が謝罪のご挨拶に伺っております。むろん最大限のお詫びを誠心誠意させていただくつもりです」

鷹揚《おうよう》に取りなす颯太に、若女将は安堵の表情を浮かべつつ恐縮するばかり。

「藤原様にもお詫びといたしまして、当旅館では二番目にいいお部屋にグレードアップさせていただきます。ただ、申し訳ありませんが、一番いいお部屋は風祭様に……。むろん、グレードアップの差額は、全て無料とさせていただきます」

聞けばここ龍雲荘は、温泉の発見当初から八百年も続く、超老舗《ちょうしにせ》の旅館であるらしい。もっとも北国の山間《やまあい》の一軒宿であるがゆえに、知る人ぞ知る秘湯宿らしいのだ。

改めて颯太と佳純が通された部屋は、本館とは別棟となった離れだった。

それも、ただでさえ歴史と格式を兼ね備えた高級旅館が、その老舗の威信をかけリニューアルされたばかりの部屋らしい。

落ち着いた佇《たたず》まいと源泉かけ流しの部屋付きの露天風呂が自慢の一室に、半ば颯太は気後《きおく》れしたほどだ。

(兄貴だったら喜ぶ部屋だろうなあ……)

そもそも夫婦水入らずの旅行先に高級旅館が選ばれたのは、兄貴の好みが反映されての事だろう。慎《つつ》ましい佳純の性格は、贅沢《ぜいたく》を歓《よろこ》ぶ質《たち》ではないはず。

そんな兄の気性に、このごろ颯太は反感を抱くようになっていた。

颯太とて次男坊とはいえ旧家出身の御曹司《おんぞうし》であり、贅沢な部屋に慣れていないわけではない。けれど、家を出て学生生活を送るうち、その恵まれた境遇に若者らしい嫌悪感が生まれていたのだ。
「直《す》ぐにお食事の支度《したく》となりますので、それまでどうぞ、ごゆるりとお過ごしくださ
い……」
淑《しと》やかな身のこなしで部屋を後にする若女将の後ろ姿を、颯太はまるで置いてけぼ
りを食った仔犬のような心持ちで見送った。

2

「それにしても颯太さん、私の知らないうちに心の広〜い、立派な男になっていたの
ね……。一人私ばかりが怒っていて、バカみたい」
ちょっと拗《す》ねたような口調ながらも、颯太をたたえるような眼差《まなざ》しでじっと見つめ
てくる佳純。途端に、颯太はお尻のあたりがむず痒くなるのを感じた。
「そんなんじゃありませんよ……。実際、俺は痴漢と誤解されるような真似《まね》をしてい
たわけですし……」
「あら、だってお部屋に案内されたのなら、先に着いていると聞かされた私を探すの
は当然じゃない」

そう言って無条件に信用してくれるのも、鷹揚《おうよう》な態度を賞賛してくれるのも、うれしくないはずがない。まして、それが憧れてやまない兄嫁からなのだからなおさらだ。

けれど、やはり颯太が落ち着かない思いを抱くのは、とても佳純が言うような〝心の広さ〟とか〝立派〟などとは無縁《むえん》であるからに相違ない。

そもそも颯太が鷹揚に対応できたのは、内心に疚《やま》しさがあった裏返しなのだ。

（ごめんよ。義姉さん。俺、そんなんじゃないんだ……。本当は、義姉さんの入浴姿を覗こうとして……。実際、痴漢と咎《とが》められてしかるべきなんだ……）

あまりの居心地の悪さにいっそ本当のことを白状しようかとも思ったが、まさかそんなわけにもいかない。

「まあ、いいわ。お陰で、こんなにいい部屋に泊まれるのだもの……。うふふ。でも、高級過ぎて、ちょっと落ち着かないわね」

ひょいっと首をすくめながら清楚に笑う兄嫁のはんなりとした色っぽさ。

実は佳純は、嫁いできた藤原家以上の旧家の出で、何某との公家《くげ》に繋《つな》がる家柄のお嬢様なのだ。文字通り箱入り娘の佳純だから、もっと高級な場所にも出入りしていたはず。にもかかわらず、そんなことをおくびにも出さないあたりが彼女の本当の品のよさであるのかもしれない。

（まあ、確かに高そうな部屋だよな。一泊十万くらいは取るのかな……）

颯太が下世話にもそう算段するのも不思議はない。

外観は一見コテージ風ながら、その中は純和風の造りの離れ。居間の役割となる十八畳敷きの畳の部屋をメインに、寝室に十畳間が二部屋、お風呂は源泉かけ流しの温泉が引かれ、その周りをぐるりとガラス張りの壁が取り囲む開放的な間取り。プライバシーは、この離れを取り囲む竹や欅《けやき》、樫《かし》の木などが守る自然豊かな空間になっている。

迷惑料とは言え、このクラスの離れが二つも塞《ふさ》がれる騒ぎでは、旅館側の損害はいかばかりか。疾しさがある分、考えれば考えるほど、颯太としては心苦しい。

「私、ちょっと着替えてしまおうかしら……。若女将に、素敵な浴衣《ゆかた》を貸していただいたから……」

そんな颯太の思いを他所に、明るく佳純がそう言って立ち上がった。

昨今の旅館では、お決まりの浴衣ばかりでなく、女性に艶やかな浴衣を貸し出すサービスをしている。恐らく、佳純には若女将が直々《じきじき》にその応対をしたのだろう。

いかにも佳純らしい物言いが、颯太には好ましく思えた。

「あっ、俺も浴衣に着替えちゃいます。じゃあ、俺は向こうで……」

正直、佳純の着替えと聞くと胸がざわめいたが、そんなスケベ根性が引き起こした騒動を思い、慌てて奥の部屋に引き取った。

そんなこんなと過ごすうちに、座敷のテーブルに食事の用意が整えられた。

「はい。どうぞ……」

颯太の向かいに座り、色っぽく浴衣の袖に手を添え、銚子《ちょうし》を傾《かたむ》ける仕草の佳純。照れながら盃を差し出すと、そこに並々とお酒を注《そそ》いでくれる。

くいっと盃を空にしてから、返杯とばかりに颯太も銚子を持ち上げる。

美しい所作で差し出された盃《さかずき》に酒を注ぐと、佳純は白い喉元を色っぽく晒して呑み干した。

「おおっ。義姉さんが、そんなにお酒に強いとは知りませんでした」

途端に、ぽっと頬《ほお》を赤らめたのは、酒のせいか、それとも恥じらいのせいか。いずれにしても色っぽいことこの上ない。

艶やかな浴衣姿にも心奪われ、颯太は義姉からまるで目が離せない。

透《す》け感のある紅梅地に繊細な秋草模様が美しく映えて、佳純の清楚な大人の色香を引き立てている。

年増痩《としまや》せしていながらも、十分にふくよかな肢体をそつなく包み込みながら、媚熟《びじゅく》女《じょ》の色気をムンムンと増幅させせる始末だ。

（ああ、頬を上気させた義姉さんが、こんなに色っぽいなんて……）

上品な色気を感じさせることはあっても、これほどまでに艶《つや》っぽいと感じたことはなかったかもしれない。

長髪を後頭部にまとめ、白いうなじを露出させた清楚な浴衣姿が、それを増幅させているのだろうか。

テーブルの上、所狭しと並べられたご馳走も、兄嫁の色香の前では翳《かす》んでいる。和牛の瓦焼きや旬の魚の刺身、煮つけ、山菜をメインにした天ぷら、どれも舌を唸らせるほど美味ではあったが、それも佳純という美女が肴《さかな》であればこそなのだ。

「あん。颯太さん、お箸《はし》が使い難《にく》いのね。いいわ。任せて。食べさせてあげます」

利《き》き手を骨折し、がっちりとサポーターで固定されているため、慣れない左手に箸を持っている。食べ難《にく》そうにしている颯太を見兼ね、兄嫁が隣に席を移動して、食事の手伝いをしてくれるのだ。

先ほどの怒りを露わにしていた佳純とは別人の如く、慈愛に満ちてやさしさたっぷりに義弟を甘やかしてくれている。

そのギャップにも颯太は、やられ放題にやられていた。

「はい。あーん」

美しい箸遣いで食べ物を口元まで運んでくる兄嫁に促《うなが》され、嬉し恥ずかし颯太は、口をあんぐりと開ける。

そこに肉や魚を運んでは、親鳥よろしく食べさせてくれるのだ。

「す、すみまへん。義姉さんに、こんなことまでしてもらふなんれ……」

至近距離で甲斐甲斐しく介助してくれる佳純の胸元に、ふと目を奪われた。しどけなく浴衣がはだけているのだ。

豊かな白いふくらみが大きくのぞき、颯太の脳天にズゴンと一撃食らわせた。

（うおおおおっ、ね、義姉さんの胸元があああああぁ～～っ！）

いけないと判っていても、そこに目が吸い込まれるのを禁じ得ない。

微《わず》かに覗ける隙間から、彼女がノーブラであることが知れた。浴衣や和服の下には肌襦袢《はだじゅばん》を身につけ、ブラジャーなどはつけないものだとは聞いていた。けれど、まさか佳純がそうするなどとは、思いもしなかったのだ。

そうと知れただけで、颯太は思春期の少年の如く心臓をバクバクさせて、逆上《のぼ》せそうになる。

（だ、ダメだ。義姉さんのおっぱいを覗いたりしちゃ、いけないいんだ……）

白い乳房が熟れごろにやわらかく、ずっしりと重く実っている。

辛うじて肌襦袢をまとわりつかせているから、その先端までは拝めないものの、胸元からは純白絹肌の膨らみや、マッシブな質感に充《み》ちた深い谷間が悩ましく覗いていた。まるで未踏の雪山のようにどこまでも白く、ゆったりとまろやかな曲線を湛えて、男の情欲をストレートに刺激するのだ。

（ああ、やっぱ義姉さんのおっぱい、いいよなあ……）

もともと颯太は、女性の乳房に人一倍興味をそそられる質だった。巨乳フェチがさらに高じたのは、明らかに佳純のこの乳房が源であると言っていい。

兄がはじめて佳純を家に連れて来た時、その美しさに驚いたが、それ以上に彼女の乳房に目を奪われたことを覚えている。僅《わず》か十歳で、人にはとても言えない欲望が、激しく突き上げてくるのを感じた。

（義姉さんのおっぱいを下から捧げ持ち、容《かたち》が歪《ゆが》むほど揉《も》んでみたい……。せめて、あの谷間に顔を埋められたら……）

かつて抱いたと同じ邪《よこしま》な想いが、間近に座る佳純の甘やかな体臭を嗅ぐたびに思い出される。

決して兄嫁に対し抱くべきではない欲望であることは重々承知している。どんな時にも佳純は、颯太にやさしく接してくれるからなおさら罪深く感じられた。けれど、抱いてしまった邪念を打ち消すことは不可能であり、だからこそ颯太は家を出る決心をしたのだ。

「はい。颯太さん。あーん」

無防備に、無邪気に、佳純は颯太の口元に箸を運んでくれる。

箸先の下には佳純の左手が添えられている。自然、その胸元は双《ふた》つの二の腕に挟まれ、ムギュリとひしめき合い、より深い谷間をつくっていた。

（ああ、もう少しで義姉さんの乳首が……！）

いびつに浴衣が捩《よじ》れたせいか、薄い布地が心持ち浮き上がった。途端に、薄紅色の乳暈《にゅううん》の端が視界に入った。

ふしだらな視線が見抜かれるのではと危惧《きぐ》しながらも、颯太はさりげなく顔を佳純の胸元に近づけた。

口の中に放り込まれた食べ物が何であったのかも判らぬまま、細かく嚙《か》み砕き嚥下《えんげ》する。もう少しで乳首が見えるという妄想に、口腔内に湧き出した生唾《なまつば》と共に。

「颯太さん、顔が真っ赤よ……。お酒が回ったみたいね。うふふ。赤ちゃんみたいで可愛い」

よほど興奮し、赤い顔をしていたのだろう。それを見た佳純は、颯太が酒に酔っているものと勘違いしたらしい。

慌てて顔を上げた颯太は、佳純と視線がぶつかりギクリとした。この邪な思いをまさか気づかれてはいないかと、その瞳の奥を探る。

「ああ、私も酔ってしまったみたい……。ふんわりして気持ちがいいわ……」

そう言うと佳純は、まるで颯太に寄りかかるようにして、カラダをこちらに持たせかけてきた。颯太の太ももに佳純の掌が載せられ、その軽い体重を支えている。

兄嫁の掌《てのひら》の温《ぬく》もりがじんわりと伝わり、その辺りから肌がとてつもなく火照《ほて》っていくのを感じた。

二の腕には兄嫁のふくらみが当たり、とんでもなくやわらかな肉が潰れている。その素晴らしい弾力に、全身の神経が集中するのを禁じ得ない。

まるで思春期の高校生のように、下腹部に血が集まり出すのを覚えた。

(まずい。このままでは義姉さんを押し倒してしまいそうだ……！)

いかに色っぽくとも、相手は兄嫁なのだ。まさか佳純と関係を持つなんて、できるはずがない。

第一、どれほどそれを颯太が望んだとしても、慎み深い義姉が許してくれるはずがない。もし力ずくで邪な想いを遂《と》げても、虚《むな》しいばかりか、当然佳純から疎《うと》まれてしまうであろう。

「義姉さん。少しのお酒でこんなに酔うなんて。案外、弱いのですね。ほら、少し横になったらどうです？」

半ば後ろ髪を引かれる思いで、颯太は左腕を佳純の肩に回すと、そのカラダを支えるようにして立ち上がり、彼女を寝所まで運んだ。

「颯太さん。ごめんなさい。私、だらしがなくて……」

「たまにはいいじゃないですか。油断した義姉さんを見られて嬉しいですよ。俺、大きな風呂に入りたいので、大浴場に行ってきますね」

恥じ入る佳純をやさしく宥め、颯太はそう言い残し部屋を出た。

3

「うはあああぁっ……」

湯船にゆっくりと身を浸《ひた》し、悦楽《えつらく》の吐息を零《こぼ》す。どんなにおやじ臭くとも、颯太の他に客の姿は見当たらないから誰憚《はばか》る必要もない。

歴史ある温泉宿といえども、知る人ぞ知る隠れ宿ともなれば、それほど宿泊客も多くないのかもしれない。

ましてこの辺りは北国である上に多少標高が高い分、すでに紅葉の季節を終えている。間もなく雪の降るシーズンを迎えるが、それにもまだ早い今は閑散期にあたるのだろう。

お陰で、広々とした本館の大浴場を独り占めできるのだ。

「にしても、どこもかしこもが贅沢な造りだよなあ……。こんなに歴史を感じながら入れるお風呂ってのもすごいよ……」

これだけの施設《しせつ》でありながら、個室ごとにも温泉を引いているのは、もったいない気さえする。

本館が建て替えられたのは、前庭を隔《へだ》てた入口の門柱にＳＩＮＣＥ１９２５（大正十四年）と数字が書かれていたから、およそ百年前らしい。

建築学を専攻する颯太だから、こういった歴史ある建物は大好物であり、あちこちに目を運んでいた。

「一九二五年であれば、アール・デコの様式が日本にも入ってきた頃だけど、この建物はアール・ヌーボーの影響が色濃く出ている……。にしても、和風建築とここまで違和感なく溶け込むものなんだ……」

三角屋根が印象的な本館は、庇《ひさし》の高い二階建てで横にも長く延びている。しかも、正面からは窺《うかが》えぬ裏手にも、同じ規模の純和風の別館が軒を連ねていた。さらにその奥の里山に、離れが三棟もあるのだから相当に規模は大きい。

本館部分はレンガ積み、建て増し部分が木造建築。典型的な和洋折衷構造は、歳月と共に風格を帯び、〝一流〟を物語っている。

創業は八百年も昔と聞いているが、さすがに当時の面影を伝える建物は残されていない。それでも十分に老舗を思わせる堂々たる建物群なのだ。

本館の入り口となる回転ドアを抜け、玄関ホールに足を踏み入れると、高い天井から釣り下げられたシャンデリアが、間接照明とも異なる情緒でもってやさしく灯《とも》っている。昼間でもやや薄暗いホールをその灯りが照らすと、全てのものが紗《しゃ》を纏《まと》ったようなやわらかさを帯びる。まるで、ここだけ時間が止まっているように感じられた。

むろん、あちこちを何度もリニューアルされているのであろうが、ところどころの窓ガラスなどには大正期のガラスがそのまま嵌《は》められていて、よくぞ今まで残されたものだと驚きもした。

この大浴場からも、その時代の息吹《いぶき》が感じられる。御影石《みかげいし》でつくられた、いかにもオールドスタイルの湯殿《ゆどの》がその最たるものだ。

しかも、天井は壮観なドーム状になっており、代表的アール・ヌーボー建築として有名なチェコのプラハ駅のホールを彷彿《ほうふつ》とさせる。さすがに、あれほどの規模はないもののミニチュア版といった趣《おもむき》は見せている。

「物凄い贅沢をしている気分だ……」

美しいものが大好きな上に、歴史的建造物にも造詣《ぞうけい》が深い颯太にとって、この大浴場はまさしくパラダイスと言える。以前、明治期に改築された日本最古の温泉にも足を運んだが、それに匹敵する価値があるだろう。

「温泉の質も結構、毛だらけ……」

昭和の親父のようなことを口ずさみながら白く濁《にご》るお湯を左手で掬《すく》い、肩や首筋にもかけてやる。

肩こりはもちろん、神経痛やリュウマチなどへの効能が認められている泉質が、体を芯まで温めてくれた。

骨折にも効果があるかもしれないが、さすがに手首にはサポーターを嵌めているから湯船に浸けるわけにはいかない。布製のそこには、濡れないようにと、あらかじめ用意したビニールを巻き付けてある。

「こいつのお陰で、義姉さんに〝あーん〟なんてしてもらって……。結構、得しちゃったよなあ……」

骨折といってもひびが入った程度で、ギプスまではせずに済んだ。もちろん普段よりは不自由を強《し》いられているが、この旅行に限れば、こいつのお陰で得をしている。

何よりも義姉の労《いたわ》りようは、重傷者に対するそれのようで、いつも以上に甘やかし放題に甘やかしてくれている。

「まあ、義姉さんの場合、ただでさえ世話焼きだから……」

佳純の母性の強さが、その胸のふくらみに象徴されている気がして、それをきっかけに颯太は、さきほど脳裏に焼き付けた光景を連想した。

あの女性のしなやかな体は、ぜい肉ひとつなかった印象なのに、左右に張り出した腰回りといい、重々しくもどこまでもやわらかそうなバストといい、おんな盛りも熟れごろに、見事なまでのボリュームで実らせていた。

そのまろやかな曲線を思い出しただけでも、颯太は陶然《とうぜん》としてしまう。

体にまとわりつく乳白色の湯までもが、佳純の肌を思い起こさせた。とても三十路とは思えない抜けるように白い肌の艶めかしさが、この温泉と重なった。

(義姉さんの肌の感触って、どんなだろう……。こんなふうに滑らかにまとわりつく

る。
粘り気とぬるつきのある独特のお湯が、女体に体を密着したときの感触を妄想させ
感じだろうか……)
むくむくと、下腹部が鎌首《かまくび》をもたげるのを禁じ得ない。
まずいと思いながらも、血液が集まりつつある肉塊を左手でずるっとしごいた。
「ううっ……」
湧《わ》き起こる快の電流が、一方は太ももからふくらはぎを抜け、足の指先に。そして
もう一方は、背筋を通り脳天へと、たまらない疼《うず》きとなって駆け巡る。
その心地よさに、ぶるっと背筋を震わせると、水面に波紋が広がった。
思わずあたりを挙動不審に見まわす。相変わらず誰も入ってくる気配はない。だか
らと言って、ここで自慰《じい》に耽《ふけ》るわけにはいかない。いつ誰がやってくるか知れないの
だ。否《いな》、誰に見咎められなくとも湯船の中で肉棒をしごくのはマナー違反だ。
「そりゃ、ダメだろう……。勃起《ぼっき》させているのでさえアウトだよな……」
汗を浮かべた顔を左右に振り、脳裏にチラつく佳純の肢体を追い出した。
ほぼそれと同タイミングで、ガラガラガラと、入り口の引き戸が音を立てて開かれ
た。

（おっと、間一髪《かんいっぱつ》！　いくらなんでもいつまでも貸し切り状態のわけがないか……）

けれど、その音は仕切り壁を隔てた向こう側でしたものだとすぐに気づいた。

ひたひたと裸足が石造りの床を踏みしめる足音は楚々として、ガサツな男性のそれとはまるで違っている。

（ああ、おんな湯の方か……。どんな人が入ってきたのだろう……。なんかこういうのもワクワクするなあ）

壁一枚隔てた向こうに女性が入浴していると想像するだけで、ムラムラした気分が沸《わ》き立つのを禁じ得ない。先ほどまでの淫《みだ》らな気分の余韻もあったが、男女の浴室の仕切りが、すりガラスのブロックであることもその大きな要因のひとつだ。

女性らしき人影が、すーっとガラスブロックの向こうを横切るのだ。

（もしかして、若い女性かも……）

むろん、シルエットだけでは判然としない。けれど、そんな想像をするだけで、ゾクゾクするような興奮が湧き起こるのだ。

その人影は湯船のあたりですっとしゃがみ込むと、風呂桶にお湯を掬い、ザーッと自らの身体にかけ流した。その優美な仕草が、何となく年若い女性を匂わせる。

（なんか風情があっていいなぁ……）

壁一枚隔てて見知らぬ女性と湯に浸かるなど、何とも淫靡《いんび》であり、風情があり、ロマンがある。

なんとなく颯太も、男湯に自分の存在があることを伝えたくて、再び左手で湯を掬いわざとザーッと音を立てながら自らの肩にかけた。

「ああ、いい湯だなあ……」

聞こえよがしに一人呟くと、驚いたことに向こう側から声が返った。

「本当に、いいお湯ですね……」

想像通りの年若い女性の声。それもやさしいアルトの響きを持った美しい声だ。

浴場という場所柄、やわらかく響くことを差し引いても、かなりの美声といえる。

颯太は、もう少しその声を聴きたくて懸命に話の接ぎ穂を探した。

「そうですね。ぼ、僕はここの温泉はじめてで……。こんなにいい温泉なのに、ここのこと知らなくて……。あなたは、ここにはよく来るのですか？」

少しでもいい印象を与えようと、僕などと言い慣れない言葉を使ってみる。

「私はこれが二回目です……。あの……。もし、よければですけど、露天風呂の方へ行きませんか……」

思いがけぬお誘いに、颯太の心臓が一気に高鳴った。

ここの温泉は、大浴場こそ男女別々であるものの、奥の露天風呂は混浴となっている。そのことを颯太は、入り口の案内で知っていた。向こう側の彼女もそれを知った上で誘っているのだ。

正直、颯太は頭をフル回転させて迷いに迷った。

(義姉さんと一緒に来ている温泉宿で、行きずりの恋なんていいのか……?)

佳純の横顔が頭にチラつくものの、どこまでいっても彼女は兄嫁であり、義理立てする理由はない。

正直、颯太にも、それなりに女性経験はあった。有り体《あてい》に言えば、おんな好きのスケベな部類であると自覚している。なればこそ、こんなラッキーチャンスを逃す手はない。何よりも、これほど魅力的な声の持ち主が、どれほどの美人か気になって仕方がなかった。

「いっ、いいのですか?　見知らぬ男と混浴しても……」

「ちょっぴり恥ずかしいけれど、かまいません……。では、露天風呂の方へ……」

ひたひたと先ほど耳にした足音が、露天風呂へと向かうのを聞きつけ、大急ぎで颯太も湯から上がり、奥にある露天風呂の入口へ。

扉を開けた途端、秋のひんやりした空気が湯に火照った肌を心地よく冷ました。

出てすぐの左手に茅葺《かやぶき》の塀《へい》が組まれているのは、向こうにおんな湯への出入り口があるからだ。

そちらから扉が開かれる音がして、すぐにタイル床を踏む足音が聞こえた。

けれど、その足音は、すぐにピタリと止《や》んだ。向こうも颯太の存在に気づいたのかもしれない。もしくは、恥ずかしくなり躊躇《ちゅうちょ》しているのかも。

もしや、このまま引き返してしまうのではと思ったが、それは杞憂《きゆう》となった。

さらなる足音がヒタヒタと鳴り、茅葺塀の切れるところまで進んでから、ひょいと白い貌《かお》だけが、こちら側を覗き込んだ。

4

「うふふ。やっぱり、あなただった……。藤原颯太くん。だったわよね……？」

茶目っ気たっぷりに笑うその貌に、見覚えがあった。こちらのフルネームを知っているのだから、それも当然だろう。

「えっ？　あっ！　風祭さん……？」

その名と共に脳裏に焼き付けた魅惑の女体。颯太を痴漢と勘違いした風祭紗彩その人だった。

「そうかなあって思って誘ったのだけれど、私の方は気づいてもらえていなかったみたいね……」

気づかないのも当然だ。ガラスブロックに映る影は、辛うじて人影と判る程度のものだし、耳にしていた紗彩の声も甲高い悲鳴ばかりで、まともに話などしていない。

普通のときの彼女の声が、まさかこれほどの美声とは想像もつかなかった。

「いえ。だって、まさか、風祭さんがここに……。わざわざ大浴場に足を運ばなくても……」

実際、彼女の部屋も颯太同様にアップグレードされたはずで、源泉かけ流しの温泉が部屋に引かれているはず。故に、彼女が大浴場に足を運ぶ必要などないのだ。

「あら、颯太くんだってここにいるじゃない。なのに私がここにいるとおかしいの？」

確かに、その通り。けれど、颯太には佳純という理由がある。

部屋風呂は佳純も利用するはずで、自分が大浴場に行っている間に、彼女も温泉に浸かれるだろうと颯太なりの気遣いがあった。むろん、そこまで紗彩に話すことはないので、言わなかったが。

「俺は、せっかく温泉に来たのだから、広い風呂に浸かりたかったのと、本館の建物を見たかったからで……」

全くのウソではない言い訳を口にする颯太をよそに、紗彩は大胆にもその女体を茅葺塀から露出させたかと思うと、すぐさまクルリと颯太に背を向けた。

「もう、そんなことはどうでもいいから、お湯に浸かりましょう。カラダが冷えてしまったわ」

張り出す丸みを隠そうともせず、ムッチリほっぺの尻朶《しりたぶ》をぶるん、ぶるん左右に揺らしつつ、露天の湯船に向かう紗彩。ボン、キュッ、ボンのたまらないフォルムに、慌てて颯太はその美尻を追った。

と、何を思ったか紗彩が小悪魔のような笑みで振り返り、颯太の左腕に自らの腕を絡《から》み付けてくる。

恐ろしくやわらかい物体がふにゅんと肘に当たってから、トゥルンと乳肌がまるでプリンのように滑らかに滑《すべ》り、くの字に曲げた颯太の二の腕の上に収まった。

みっしりと遊離脂肪《ゆうりしぼう》が詰まった美巨乳の重さたるや、これではさぞや肩が凝《こ》るだろうと思うほどずっしりと実っている。

その下腹部だけは、左手に持つタオルで何気に隠されていた。

「風祭さんのおっぱい、とても重い……。なのに物凄くフワフワなのですね……」

あらためて視線を斜め下に降ろすと、すらりとした細身ながらグラビア系アイドルも顔負けの肉体が目の中に飛び込んできた。

手足が異常と思えるほどに長く、美しくも無駄のない線を描いている。

華奢《きやしゃ》で繊細な首筋、儚《はかな》いまでに薄いデコルテラインも、思わず吐息を漏《も》らしそうになるほどに、上品かつ優美で瑞々《みずみず》しさも失われていない。

おそろしくキュッとくびれたウエストながら、出るべきところは悩ましいくらいにまで飛び出している。

太ももはしなやかにもムチムチに張りつめ、純白肌がゆるみなく円筒を包み込んでいる。その上ではキュッとひきしまった美尻が、いかにもやわらかそうに熟れながらも垂《た》れることなく上方向に盛り上がっている。

さらには、その胸元。双尻の美肉と同じサイズくらいに発育し、型崩れとは無縁のハリと弾力でボンと前に突きだした挑戦的な張りつめかたなのだ。

「颯太くんには、私のカラダ、しっかりと見られているでしょう……。だから、今さら隠す必要もないかなって……。感触を味わわせてあげるのは、お詫びの意味も込めて特別出血大サービス」

茶目っ気たっぷりにそう言いながらも、露天の薄明かりに照らされたその横顔はやや上気しているように見える。

「ど、どうして、こんなサービスを……。本当は、お詫びしなくてはならないのは俺の方で、風祭さんはそんな……」

紗彩が再び歩きはじめるのに合わせ、ゆっくりと湯船へと向かう。五十歩にも満たない僅かな距離の間にも、懸命に意識を集中させて、腕の上にしどけなく載せられた乳房の感触を味わいつくす。

「あら、女将からの説明では颯太くんも被害者みたいなものじゃない……。お客を取り違えるなんてあり得ないわ」

岩風呂の湯船に着くと、紗彩は颯太に絡めていた腕を外し、長い脚を優美に折って石床に片膝をついた。

傍《かたわ》らの桶《おけ》を拾い湯船から乳白色のお湯を汲《く》むと、自らの肩にざあっとかけ流す。

左手だけで押さえている渇いたタオルが一瞬にして濡れ、太もものあたりにべったりと張り付いた。

「おおっ！」

感嘆の声が思わず漏れるのを、必死の思いで喉奥に押し返す。

「もうっ、本当は恥ずかしいのだからそんなに見ないでっ！　一度見ているのだから、少しは遠慮してよ」

頬をうっすらと赤らめながら抗議をする紗彩。けれど、その口調には、微塵《みじん》も怒りは含まれていない。むしろ、艶めかしい媚《こび》を感じられたくらいだ。

「あ、す、すいません」

颯太は、あわてて背中を向けた。

「あんまり、美しかったので、つい……」

目を逸らしたおかげで、言い訳をすることができた。

「うふっ。美しいだなんて、素直でよろしい……。お世辞でもうれしいわ……」

颯太の背中にも、やさしくお湯がかけ流される。

「ほら、入りましょう……」

豊麗《ほうれい》な肉体が、ゆっくりと湯船に浸かっていく。

これほどの美女と混浴できるのだから、素直にうれしい。颯太も、秋風に冷えた体をゆっくりと湯船に沈めた。

すると、当たり前のように颯太の左隣に紗彩がその位置を占めてくる。

またもドキリとさせられたのは、紗彩の尻肉や太ももの側面が颯太の同じ場所に触れているからだ。

「ふーっ。やっぱり露天風呂は、気持ちがいいわ。それに、うふふ。もしかしてって期待した通りに颯太くんがいた……。私、そういう運はいいの」

掌に湯を掬い、肩や首筋に掛ける紗彩。その度に豊かな乳房が、湯に濡れ光りながら水面に揺れる。乳首すれすれまで乳肌が浮き上がっているのが、なんとも危うくて目のやり場に困った。

「期待通り……？」

「そうよ。期待通り。ここで颯太くんに逢《あ》えないかなぁって……」

ぽってりとした官能的な唇が、甘ったるい感じで言葉を紡《つむ》ぐ。左の口元のほくろが、いかにも大人の女性を感じさせた。

「俺に逢いたかったのですか？　それも、こんなところで……？」

「もう、鈍いのね……。こんなところで逢えたらって意味……。全部、私に言わせたいの？　それとも本当に颯太くんは知らないのかしら？」

悪戯《いたずら》っぽい微笑みが、投げかけられた。

「知らないって何をですか？」

「ふーん。本当に知らないんだぁ……。じゃあ、教えてあげるわね。ここの温泉には、ある言い伝えがあってね」

「ああ言い伝えですか……。それって縁結びとかの類《たぐい》のやつですか？」

言い伝えとか占いとか、いかにも女性が好みそうな話題に、なんとなく颯太は話の方向性が判った気がした。

「あら、知っていたの？」

途端にキョトンとした顔をする紗彩に颯太は笑顔を向けた。

「いいえ。知りませんが、温泉宿の口コミとかで、ありがちな話かなぁって……」

この神社にカップルで訪れるとしあわせになるとか、そのパワースポットでキスした男女は必ず結婚できるとかの話は、ある種の言い伝えとしてよく耳にする。それと似た話をまことしやかに温泉宿の客寄せに利用することもあるのだろう。

老舗の温泉宿といえども、同業他社は数知れず。あまたのライバルから選ばれるには、そんな伝説めいた話を宣伝代わりに吹聴《ふいちょう》するのも手かもしれない。

実際、多くの宿泊客が訪れるのだから、〝しあわせになった〟実例も少なくはないはず。作り話とまでは言わないまでも、そんな実例が口コミとして重なれば、伝説や言い伝えの類が生まれても不思議はない。

現実的に颯太はそう考えた。夢もロマンもないかもしれないが、建築の構造や設計などを学んでいると、思考の組み立て方が理詰めになるのかもしれない。

「非現実的って思っているのでしょう……。男の人ってそうよね。でも、おんなだってそんなことくらい判っているわ。でもおんなは、そんな言い伝えを口実にでもしないと大胆な行動をとれないものなの……」

その紗彩の言葉に、颯太は虚を突かれた。なるほど言わんとすることが腑《ふ》に落ちたのだ。同時に、紗彩の発言が、かなり意味深であることにも気づいた。つまり紗彩は、言い伝えを口実に颯太を誘惑しようとしているのだ。

「そ、そういうことなのですね。でも、そんな言い伝えに頼ってまで、どうして俺なんかを？」

「俺よりも風祭さんにきっちり謝罪をしてくださいって、言ってくれたのよね。そんな君の人柄に惚《ほ》れたと言うか……。その器の大きさにね……。それに、一度裸を見られているわけだし、ワンナイトラブとかも恥ずかしくないかなって」

こちらの方は、判ったような判らないような理由だが、男であれば器の大きさを褒められて嫌な気にはならない。さらに言えば、紗彩が本気で颯太との関係を望んでいることもはっきりと判明したのだ。

「ワンナイトラブを俺とですか？　風祭さんみたいな美人とそういう関係になれるの

は嬉しいけれど……。でも、本当にいいのですか？」

「うふふっ。颯太くん、かわいいのね。美人だなんて。君は素直だぞ……」

魅力的な微笑を浮かべた美貌が、斜めに傾《かし》げられた。流れるような所作《しょさ》で、紗彩の両掌がたわわな双房を覆《おお》い、いかにも気持ちよさそうにそこを拭《ぬぐ》っていく。やわらかなふくらみが、ふるるんと揺れ動いた。

「ふううぅっ」

喘《あえ》ぎともつかぬ吐息が、朱唇から零れる。さらに颯太を挑発するかのように、美女の掌は、みっちりと肉のつまった隆起を裾野からすくいあげ、ゆっくりとしごいていくのだった。乳白色の湯の中に、乳輪の翳《かげ》りが見えたような気がした。

南洋の熟れた果実を思わせる肉体が、ピンクに染まり色っぽいことこの上ない。

当たり前のように颯太の男の部分が反応した。

(うわぁ。これって、挑発されているよね……。きっと、おっぱい触ってもいいっていう合図だ！)

二重《ふたえ》に彩られた大きな眼が、いまは色っぽく細められている。視線でも颯太を誘っている。それでいて、その秋波《しゅうは》にはどこか生硬さというか若さのようなものが感じられた。むろん颯太には、こんなにまで誘惑された経験は無いが、佳純の存在と見比べると何となく判るのだ。

例えば佳純が発する色気は、無自覚なそれであり、ただそこに存在するだけでダダ洩れになっている感じだ。それに対し、紗彩のそれは作為的であり、同時に、どこか背伸びをしているように感じられるのだ。

恐らく紗彩は、佳純より五歳ほど若いのだろう。その若さが瑞々しく感じさせるとともに、生硬で青臭く感じさせる。

もっとも、颯太より逆に五歳ほど年上であるわけで、周りにいる娘たちよりは色っぽさにおいてワンランクもツーランクも上であると認めざるを得ない。

事実、内心にいくら自制しようとも興奮を止められない。狼狽《うろた》えながらも、大胆な紗彩に魅了される一方だ。

「か、風祭さん。お、お、俺を誘っていますよね？」

興奮と緊張のあまり直截《ちょくせつ》な表現しか出てこない。

好ましく思われているのは確かだろうし、彼女の方からもう少し話をしたいと言い出したのも確かだ。逢いたかったとさえ言ってくれた上に、この思わせぶりな態度とあっては、挑発もしくは誘惑されていると取っておかしくない。

「うふふ。誘っていると言ったら？」

お湯に浸かり赤みを帯びてきた唇に、颯太はドキリとした。

いつの間にか紗彩の貌が間近にあった。

（うわあぁ。こうして近くで見ると凄く綺麗で、ちょっとカワイイ……！）

その美貌は、整っているのは間違いないが、どちらかと言えば甘い顔立ちに入る。瞳はクリクリと大きく、鼻筋は通り少しつんと上向き加減。小さな鼻腔がその愛らしさをさらに惹《ひ》きたてている。

細《ほ》っそりした頤《おとがい》でありながら、唇がぽってりとボリューミーで、ぽちゃぽちゃとやわらかそうだ。

お人形のような可愛さと美しさを兼ね備えていながら、しっかりと大人っぽさも感じさせるのは、どこかアンニュイな雰囲気を漂わせているせいだろうか。そのギャップで、彼女が笑うと、途端に花が咲いたようにその場が華《はな》やかになるのだ。

「ぜ、是非、そのお誘いに乗りたいです……」

またしても一瞬、佳純の横顔が頭を過《よぎ》ったが、股間の肉棒はすでに軽く充血している。思えば、今日は一日中、刺激的な出来事にばかり遭遇したため、最早込み上げる性欲を抑《おさ》えることは不可能だった。

5

「もしかして、早くもエッチな気分になってきたと……か……？」

「えっ？　あっ！　風祭さん……!!」

ふいに横から紗彩の唇が急接近して、颯太の首筋に吸い付いた。

肩口に豊満な乳房が、押しつぶされんばかりにぶにゅんと当たっている。

「はううう っ！」

甘い微電流が背筋を駆け抜け、無意識にビクンと体が震えた。

「うふふ。颯太くん、可愛いっ！　おんなの子みたいに感じちゃうのね……。ここもとっても敏感そう……」

しなやかな手指が颯太の下半身に伸び、肉幹を包まれてしまった。

「うっ！　おわっ、おぉぉ……っ！」

低く呻《うめ》く颯太に、紗彩が色っぽく微笑んだ。

「だ、だって、風祭さんがものすごく色っぽくて……。ナイスバディが悩ましすぎて、おっぱいなんて、すごく大きくて……」

「颯太くんのここもすごく大きい……！ こんなに硬くて太いおち×ちんははじめてかも……。ねえ、右手が不自由では、自分で慰めにくいでしょう……。ねえ、私に任せて……」

織細な掌にきゅっと力が加えられ、絶妙に肉幹を締め付けてくる。

「わ、わ、わ、わぁ……。風祭さぁん！」

「もう風祭さんなんて、他人行儀なのはイヤよ。紗彩って呼んで欲しい……。上手にできるかどうか自信ないけど、いっぱい気持ちよくしてあげたいの……。不自由だろうけど触りたければ、おっぱいとかに触ってもいいわよ」

「さ、紗彩……さん。俺、きれいなお姉さんに甘えてみたかった。いっぱい甘やかして欲しいです……。紗彩さんの大きなおっぱいに甘えたいし、キスとかもいっぱいしたい……それに！」

すっかり発情した颯太は、前後の見境なく逆上せあがっている。すでに顔を真っ赤にしている自覚があるから性癖を明かすのも恥ずかしさは半分だ。

「それに、なあに？ 私のあそこに挿入《い》れたいのね？ じゃあ、めいっぱい甘えさせてあげる。その代わり私が大胆なことをしても、軽蔑《けいべつ》したりしないでね」

トロトロに美貌を蕩《とろ》かした紗彩が、ちゅっと颯太の頬に口づけをくれた。その流れで、朱唇は颯太の耳に運ばれ、ペロッと耳孔《じこう》に舌先が侵入してくる。

ぞぞぞぞっと背筋を走る快美な電流。思わず菊座を絞《し》め、紗彩の掌の中の分身を跳ね上げる。

「ああん。すっごく逞《たくま》しいのね。おち×ちんが嘶《いなな》いたわ……！」

驚く紗彩に、今度は颯太から唇を寄せ、激情に任せてキスの嵐を浴びせた。

湯船に身を沈めたまま細い首、細い肩、華奢《きやしゃ》な鎖骨《さこつ》へと唇を寄せ、ついにはそのふっくらとした朱唇を掠《かす》め取る。

「んっ、んっ、んっ……！」

艶めかしくも切なげに、眉間に皺を寄せた紗彩が鼻声を上げた。

拒まれぬのをいいことに、自由な左手を彼女の首や肩、鎖骨へと運び、濡れた肌をなぞっていく。利き手ではない分、ぎこちなさは否めないが、触れる掌は、柔肌の滑らかさを存分に伝えてくれる。

まるでコールドクリームでも塗《ぬ》られているのかと思うくらいすべすべしていて、しかもピチピチとハリに満ちていた。その美肌は、未だ水をはじくほど瑞々しく、ただ指先を触れさせるだけで、勝手につーっと滑るほど。

「私のおっぱいに甘えたいのね。好きにしていいわよ……」

掠れ声で囁きながら、紗彩は裸身を颯太の正面に移動させてくれた。肌と肌が触れ合う寸前の至近距離は変わらない。しかも、彼女の右手は相変わらず颯太の分身を握り締めては緩《ゆる》め、絶えず快感を味わわせてくれている。

「ああん。本当に大きい……。このおち×ちんが、私の中に挿入《はい》るのね。行きずりの愛を貪《むさぼ》るあさましい紗彩のおま×こに……」

肉棒を迎え入れる想像が女体に発情を促《うなが》すのだろうか、その隠し切れない興奮をぶつけるように、紗彩の手指が甲斐《かい》がいしさを増していく。

心地よい締め付けに加え、余った肉皮を利用してズルズルとスライドさせてくる。燃え立つような血潮が一気に頭へと逆流し、ピンクの幕で思考を覆う。冷静な判断など寸分もできなくなった颯太は、「ぐふううっ」と呻きながら、その視線を正対した魅惑の乳房に運んだ。

昂奮《こうふん》に少し呼吸を早める美女の上半身には、白桃のような乳房が、極甘生クリームのふわふわ感さながらに、Dカップ超え確実の迫力で盛り上がっている。

アンダーが低いせいで、そのボリュームはサイズ以上に感じられ、まさしく挑発的なおっぱいなのだ。

そんな美巨乳が水面に悩ましく浮かびながら、プリンさながら下乳の付け根からフルンフルンと揺らめいている。

しかもその先端は、凄まじく可憐なのだ。しっかりと成熟していながらも、色合いも愛らしさも桜貝に劣らぬ小さな乳輪。その中心で、可憐な乳首が薄桃に染まりながら健気《けなげ》にもはかなく存在を告げている。

こんなにも麗《うるわ》しい乳房を颯太は、左掌の内に恭《うやうや》しく包み込み、丸みの輪郭を繊細なタッチでなぞっていく。

「あ、ああん。颯太くん、上手ぅ……。そんなにやさしくおっぱいを扱われるのはじめてよ……っ」

これほど魅力たっぷりの肉房を前に、男であれば我を忘れ、貪るようにかぶりつきたくなるのは至極当然。あるいは手指をがっちりと食い込むほどに揉み潰し、荒々しく弄《もてあそ》ぼうとするに違いない。

けれど、颯太は片手をサポーターに封じられているため、とても荒々しくなどはできない。しかも利き手ではない左手であるだけに、力加減を慎重にしなければ紗彩に痛みを与える危惧《きぐ》さえある。

自然、颯太はその表面を撫でるようにして、クリーミーな乳肌の感触を愉《たの》しみ、軽く掌に揺さぶっては、その弾《はず》むような弾力やプリンさながらのやわらかさを味わうことが関の山なのだ。

しかし、どうやら、それが功を奏し、やさしく扱っていると評されたらしい。

「気持ちいいのですか？　掌で躍らせているだけですよ……。ああ、でも、紗彩さんのおっぱい最高です……。このエッチな敏感さとすべすべのやわらかさ……。なのに、すごくハリがあって」

「あううっ。本当にエッチな触り方……。ちょっぴりじれったいくらいなのに、それがもっと触って欲しい気持ちにさせられて……。ああん、どうしよう。触られているだけなのに、火照ってきちゃう……」

颯太は恵比寿顔でニンマリしながら乳房の表面を撫で続ける。掌底にとんがりが擦《こす》れ、乳首のしこり具合が確認できた。

「あ、あうううっ。ダメぇ。それ敏感になっちゃう……ああ、私、こんなにおっぱいで感じるのはじめてぇ」

早くも兆《きざ》した官能に狼狽えたのか、年上らしい余裕も霧散させて、双眸を切なく潤《うる》ませ、悩ましく朱唇をわななかせている。

「そんなにいいのですか？　触っている俺も気持ちいいです……。紗彩さんは、おっぱいで俺を悦《よろこ》ばせてくれていますよ」

脇から下乳の丸みまでの曲線を指先に捉え、ねっとりと、されどやさしくなぞってみる。手を移動させようと、たまたま当たったポイントだったが、そこは紗彩の啼《な》き処《どころ》であったらしい。

紗彩は、「ひうっ！」と悲鳴に近い喘《あえ》ぎを漏らしながら、女体を切なげにのたうたせた。

偶然にも隠れた性感を探り当てたらしい。まるで乳房をぶるぶると震わせるように紗彩は女体を痺《しび》れさせている。

「んんんっ。だ、ダメぇ！　それ、ダメぇ。おっぱいが蕩けてしまうぅ……」

ダメと言われてやめるほど颯太は初心《うぶ》ではない。ここぞとばかりに攻め込むべき時は、心得ているつもりだ。

幸運に恵まれた感は否めないが、身も世もなく紗彩が身悶えているのは事実だ。

嬉々として颯太は、同じ場所を責め立てた。不自由な右手の代わりは、べーっと舌先を伸ばし、唇ごと這わせていく。けれど、左手同様に、ソフトさや繊細さは忘れない。あくまでも触れるか触れないかのフェザータッチを心掛ける。

「あっ、あぁ……。感じる。感じちゃううっ……。おっぱいが、あぁ、おっぱいがあぁ……！」

飽かず、焦《あせ》らず、じっくりと。時間をかけてあやされた乳房には、びっしりと玉の汗が付着している。

絹肌のあちこちを毛羽《けば》立たせ、薄い大胸筋を緊張させて、高まる内部圧力に乳房を押し上げ、丸みをひとまわりも大きく膨張《ぼうちょう》させていた。

「あふううぅ、あ、あ、あぁ……。切ないぃっ……おっぱい切ない……。私、おっぱいがこんなになるのはじめてぇ」

きゅっと締まって皺を寄せる乳輪。色づきを濃くしたその直下では、浮き立つほどに引き締められた乳腺が、乳白色のお湯の水面でゆんゆんと揺れている。

「あああぁ、もうダメぇ～～っ！　と、溶かさないで！　紗彩のおっぱいが溶けちゃうぅうう～～っ!!」

恥じらいながらも紗彩は、歯をキリキリ食いしばって甘い喜悦を耐えている。

年上美女の艶やかな乱れように、今がその時と悟った颯太は、感度がマックスにまで高まった乳輪の縁《ふち》を指先でなぞった。もう一方の乳首には、ついにその口腔を近づけ、上下の唇に甘く含む。ちゅぷっとやさしくすり潰しては、にゅるんと逃がしてやる。

がくんとギアを入れ損ねたクルマのように紗彩の女体が痙攣《けいれん》した。

「そ、そこはっ！　ああ、そこはぁあああっ！」

情感たっぷりに乱れる美女の先端は、即座に劇的な変化を起こした。ただでさえ甘勃《あまだ》ちさせていた乳首が、ムクムクと迫《せ》り上がり、淫らにも円筒形に人差し指の先ほどにまで尖らせている。

「うわあああっ。すごいです。淫らに尖っています……。ほらほら、あんなに可愛かった乳首が、こんなに大きく！」

調子づいた颯太は、紗彩の乳首を指の腹に捉えコロコロとすり潰す。他方の乳首を舌先で弄んでは、ちゅちゅちゅっとばかりに吸いつけた。

摘《つ》まれることを待ちわびていたように屹立《きつりつ》した乳首が、女体に凄まじい痙攣を呼び起こした。

「ひゃぁっ！　ち、くびは……あぁっ、吸っちゃダメ……んひっ」

震える女体に振り払われまいと必死に食らいつく。

固く尖った乳首を、わざと音を立てて吸いつける。乳輪まで口に含み、乳肉の甘美さを余すところなく貪る。

「あっ、はぁぅ……っ、颯太くん……そんなに弄《いじ》っちゃ……あぁぁっ」

「紗彩さん……。はあっ、はぁっ……紗彩さん……っ」

紗彩の抗《あらが》いの言葉は、甘いばかりで本気さが感じられない。だからこそ颯太は、息苦しさを無視して、萌乳を貪ることしか考えなかった。

「はううっ……そ、颯太くん、ダメなのっ……。乳首、クリトリスみたいに感じちゃうのっ……！」

啼き啜《すす》る美女をさらに追い込もうと、敏感な突起を挟み込んだり、つま弾いたり、押し込んでみたり、すり潰したりと、様々《さまざま》に嬲《なぶ》っていく。片や口腔に温泉が入り込むのも気に留めず、しゃぶり、吸い、甘噛みし、そして舐《な》め転がした。

「ああ、ダメぇ……おっぱい切な過ぎて爆発しちゃうぅ～～っ！」

温泉に暖められた効果と、しつこいまでの愛撫に、血流を上げた肉房は、さらに張りつめきっている。破裂寸前のゴム毬《まり》のように、クーパー靭帯が極限にまで緊張した結果だ。

「んんーっ。私の乳首、こんなに淫らな大きさになっている……あ、あぁん、そんなにいじっちゃダメぇ……。も、もうおかしくなる……颯太くぅん、切な過ぎちゃうぅ……っ！」

美しいアルトの声が甲高《かんだか》くトーンを上げ、色っぽくも淫らに啼き啜る。悩ましすぎる嬌声に、颯太は羽化登仙《うかとうせん》に逆上せている。半ばお湯に顔を浸したままのおっぱい攻撃もあって、顔を茹蛸《ゆでだこ》のようにさせていた。

それでもやめることができないのが、この乳房の魅力だろう。

「紗彩さんのおっぱい、こんなにパンパンに張り詰めて……。乳首もこんなにコチコチに。乳輪ごと勃起しているみたいです」

「あっく。そ、そんなにしごいちゃいやぁ……。ああん、このままではおっぱいでイってしまいそう……」

妖しく身悶える紗彩が、もう堪《たま》らないとばかりに突然その距離を詰めてきた。

「さ、紗彩さん……？」

湯船の中で腰かける颯太の膝の上、豊麗なナイスバディが跨ってくるのだ。

「切ないのっ。だから、このまま紗彩の膣中《なか》に……。ふしだらなことは判っているけど欲しいの……。お願い。颯太くん！」

その行動は大胆であっても、声はか細く、どこか儚げだった。いくら奔放に振舞っていても、そこにはどこか背伸びしているように映っていたが、いざとなりいよいよ地金が露わとなっているのかもしれない。

「俺の方から求愛するべきでした……。紗彩さん。したいです。俺、すっごく綺麗で、こんなに色っぽい紗彩さんとセックスしたいです！」

力強く求愛する颯太に、勇気づけられたように、紗彩はそのままゆっくりと腰を落としていく。

颯太の肩を摑《つか》んでいた手を紗彩が前に伸ばした。阿吽《あうん》の呼吸で颯太も手を出し、指と指を組み合わせきっちりと繫いだ。サポーターで固定された手は、彼女の細い肩を腕の関節で抱くようにして背筋に回す。

うれしいとばかりに朱唇が颯太の唇にあてがわれた。

ちゅちゅっと幾度かの接合が繰り返された後、紗彩の右手が、颯太の分身の角度を微調整した。

6

「颯太くん……」

位置を合わせて自ら腰を降ろし、膣の窪みへと亀頭部を誘ってくれる紗彩。

「ああ、おち×ちん、さっきより大きくなっているわ……。こんなに熱くて太いおち×ちん、本当に挿入《はい》るのかしら……」

自ら欲しいとねだっておきながら、いざとなると怖《お》じ気《け》づいたらしい。

「怖くなりましたか？」

本気で案じる颯太に、はにかむような微笑が返される。

「ちょっぴり、怖い気もするけれど、それ以上に私……。だって、颯太くんのおち×ちん、凄すぎるから……。こんなに逞しいものを挿入《いれ》てしまうと、あさましく乱れてしまいそうで……」

若牡らしい情熱と欲望がそのまま容《かたち》となりいきり勃《た》つ肉槍。我ながらグロテスクに思える分身に、手弱女の紗彩が恐れをなすのも当然だろう。

他人棒と比べ、それが大きいのだと自覚したのは初体験の時だった。その相手を含め、肌を重ねたおんなは三人。その三人とも口をそろえて大きいと言った。

けれど、正直、颯太は、それを誇りとしていないし、まともに鵜《う》呑《の》みにもしていない。大きすぎて困るほどでもないのだし、当然、上には上がいるものだろうと思っている。

紗彩のように躊躇《ためら》いこそすれ、挿入させてもらえなかった経験はない。つまりは、並み以上ではあるものの、浮世絵に出てくるような馬並みではないということだ。

むろん、その硬さ、太さは武器であるとは自覚している。

「君のおち×ちんは、おんな泣かせね……」

初体験させてくれた三つ年上の大学の先輩は、颯太の逸物を女陰に咥《くわ》え込もうとしながら、恨めしそうにそう囁いたものだ。

「ああ、当たっている……。紗彩さんのおま×こ……。とってもやわらかくて、気持ちがよさそうですよ……」

躊躇う紗彩を促そうと、わざと明け透けに言い彼女を恥《は》じらわせる。怖じ気させるよりは、恥ずかしがらせた方がずっといい結果を産むと、経験則で学んでいた。

「もう……。そんな言い方、恥ずかしわ……」

頬どころか耳まで赤く染めた紗彩に、颯太は自らの肉棒を細かく動かし、早くと急かした。

「紗彩さんのおま×こ、ヌルヌルしている……。熱さだって、俺のち×ぽ以上かも……。ねえ、紗彩さんと早く繋がりたいよぉ！」

正直、自らの逸物の熱さなど判らない。わざとそういう物言いで、紗彩の心を解きほぐし、さらには女陰も解すのだ。

お陰で、媚肉はすっかり潤《うるお》い、お湯の中でもその粘り気が切っ先にまぶされる。

「もう、颯太くんのエッチ……。意外にむっつりなのね……。判ったわ。いま挿入《いれ》させてあげる……」

言いながら紗彩が秘唇を亀頭にあてがった。ぬるんとした感触が、ぴとっと先端を覆う。

紗彩の方も、肌を触れ合わせるだけでは物足りなさばかり募《つの》るのだろう。ぐっと息を止め、美麗なヒップを一気に落としてくる。

矢も楯もたまらずに颯太も紗彩に合わせ、下からぐいと突き上げた。

「あっ！　あああああぁぁぁぁーっ!!　んっく……。んんん……っ！」

紗彩が肉棒の中ほどを握っているため、一気に奥まで嵌めることはできなかった。が、大きく膨らませた亀頭部は、きっちりと閉じられていた秘唇をこじ開け、膣洞の中ほどまで性急に擦りあげた。

「ま、待って、そんな急にだなんて……。ああ、これ凄いのっ！　颯太くん、凄すぎちゃうの……あはぁ……」

それまでの躊躇いが何であったのかと思わせるくらいに紗彩は性悦を味わっている。全身に鋭い快感が広がっていくのだろう。

紗彩の肉孔《にくあな》は想像以上に狭隘《きょうあい》であり、うねりも複雑な印象だ。それだけに颯太の太棹に、内側から拡げられるような思いなのであろう。事実、亀頭部がしこたまに膣壁を擦った手ごたえがあった。

にもかかわらず、紗彩は颯太の分身をほとんど苦もなく受け止めている。

たっぷりと乳房を弄ばれるうちに女体はすっかりほぐれていたに違いない。あるいは、エロフェロモンを全開にして颯太を誘った紗彩だから、とうにその準備を済ませていたのかもしれない。

「あっ、あっ、ああっ……。颯太くんのおち×ちんが……熱くて、固くて……あああああぁぁぁぁ……はあぁぁぁんっ!!」

「ぐっ!!　おぉぉっ……。紗彩さんのおま×こも、熱くて、キツキツで……すごい！」

亀頭を秘唇に迎え入れただけで、朱色の唇から嬌声が響き渡る。

半ばまで挿入しただけで、あっけなく紗彩は絶頂を迎えたらしい。

「ウソみたい！　私……今、軽くイッてしまったわ……。挿れただけなのに……それもまだ途中で……なのに、目の前が真っ赤になって……おま×こを拡げられる感覚に、頭の中は真っ白に……」

蕩けるような快感に浸る紗彩と同様、颯太もまた素晴らしい蜜壺の具合を味わっている。未だ奥まで到達させていない肉棒を、それでもゆっくりと往復させて、絡みつく柔襞《やわひだ》を攪拌《かくはん》させていく。

「あっ、ああっ……またっ、イクっ！　もう、イッてるのに……気持ちいいのが止まらない……。あっ、またっ……イクっ、イッちゃうっ……あああぁぁ～～ん」

年上美女の甘い啼き声が、どんどん艶を増していく。それもそのはず。肉棹の全てを呑み込ませたい衝動に、颯太が小刻みに腰を突き上げ、奥への侵入を図《はか》っているのだ。

「待って。颯太くん。壊れちゃう……。私、壊れちゃう……あぁん、ダメぇっ！」

抗う声も、颯太の耳には届かない。そもそも紗彩の言葉には、本気で制止を求める真剣さが感じられない。どこまでも甘く、促しているようですらある。

肉棒を握っていた紗彩の右手は、颯太の突き上げの前にあえなくほつれ、若牡の肩に手を掛けて、倒れそうになる女体を支えている。

抑止《よくし》になっていた手が外れたことで、より自由に動けるようになった肉棒を、さらに勢いづかせて秘処の奥を目指していく。

「紗彩さんのおま×こ、ヌルヌルで、熱くて気持ちいい……。すみません……あまりによすぎて、止められそうにもありません……」

辛うじて颯太の肩に摑まりバランスを取っているが、もう紗彩には何もできない状態らしく、ただひたすら甘い吐息を漏らすばかり。

「んんーッ。あぁぁぁ、ふっ、深い！」

艶尻肌が颯太の下腹部と触れ合う。それはつまり、紗彩の膣孔が根元まで颯太を呑み込んだということだ。

「うおっ、こんなに根元まで……。紗彩さんのおま×こは、最高です！」

付け根どころか玉袋まで押し込んだかと思うほど全て呑み込んでくれた紗彩。正直、これほどまで颯太が挿入できたのは、はじめてかもしれない。

しかも、紗彩の膣肉には、その肉壁にみっしりと細かい襞々《ひだひだ》が密生して、それが亀頭部やら肉幹やらに、まとわりついたりくすぐったり締め付けたりと変幻自在にあやしてくれるのだ。

「おおうっ！　すごい締めつけ。こんなに具合のいいおま×こがあるなんて！」

その言葉には、一ミリも虚飾はなく、いささかも大げさではない。その証拠に、颯太はひと時もじっとしていられずに腰の上下運動を繰り返している。

「ああっ、颯太くん、凄い……！　私もこんなのはじめて……。あぁぁぁ」

言葉と共に止めていた息を紗彩が吐き出すと、つられるように膣肉全体が蠕動《ぜんどう》するように収縮した。

女体からは、ほとんど力が抜けている。なのに膣肉だけが、みっしりと肉棹を締め付けてくる。

颯太の太ももの上にぺたんと座り込んでしまった紗彩を、牡獣《おすじゅう》は下腹部の力だけで持ち上げている。

「あぁ!! 激しいっ。激し過ぎよ……。颯太くん、あぁ、颯太くぅん……!」

夢中で腰を振る颯太に、紗彩は苦しげに呻きながらも、その美貌を官能に蕩けさせていく。壊れかけた彼女の理性を颯太はさらに揺さぶりバラバラにしていく。

これほど無茶な突き入れをすれば、あるいは子宮に鈍い痛みが生じているかもしれない。けれど、それすらも紗彩の脳内では気持ちよさに変換されているのが、その表情から読み取れた。

「本当に凄いわ……。太くて、硬くて、逞しくて……いろんなところに当たって……んっ、あぁ……気持ちいいところばかり擦られて……あはぁぁ……」

素晴らしい名器ぶりに、はじめのうちは夢中で突き上げるばかりだった颯太も徐々に冷静さを取り戻し、紗彩の艶姿を脳裏に焼き付ける余裕が生まれた。

腰から下を温泉に浸し緊結するふたり。湯にぼやけるシルエットは、男の上に跨り大きくM字に脚を開いた艶腰。漆黒の陰毛が海藻の如く揺れ、その下には勃起を深々と呑み込んで随喜の涎《よだれ》を垂らしている女性器が文字通り揺蕩《たゆと》うている。

「紗彩さん、好きです。ああ、このエッチなカラダをもう誰にも渡したくない！」

「うれしい。たとえ一夜限りの愛でも、その尊さに変わりはないから……。刹那《せつな》の愛も愛は愛でしょう……。ああ、あの言い伝え、やっぱり本物だったのね。だって、私こんなにしあわせになれたのだもの……」

「俺もしあわせです。こんなに素敵な人と繋がれたのだから……。この大きなお尻も、感度のいいおっぱいも、すべて……」

大ぶりの乳房やおんならしい脇腹に、颯太は左手を這わす。愛を確かなものとしたことで、颯太の腰つきはいっそう激しくなった。紗彩の艶腰も妖しく応える。

「んあっ、あっ、あぁぁ……カラダが、勝手に」

美麗な女体が上下に弾む。緩やかな上下動ではなく、性急な動きだった。

「私、浅ましいわね……。ああ、でも、これがいいの……」

一心不乱、まるで狂ったように紗彩が腰を繰り返しうねらせる。

合わせるように颯太もズドンと、気合いの入った一撃を決める。湯の中で紗彩の足の甲が反《そ》り返り、清楚な顔が快美に歪《ゆが》んだ。

さらなる突き入れを覚悟して紗彩が身構えるのが判った。だがこれ以降、ストロークを急にゆっくりにする。

「ああ、どうして……？　どうして、動かしてくれないの……。えっ……？　あっ、やぁ、何？　あっ、あぁあああああああ……！」

緩急をつけた颯太の独特のリズムは、右手の不自由さも少なからず影響している。じれったくももどかしく、それが故により紗彩の反応を見て腰遣いを変えていた。

直線的に突くこともあれば、腰にひねりを入れて奥を穿《うが》つこともある。その間隔が絶妙に紗彩を悶えさせ、身も世もなくよがりまくる。

「あぁ、そんなにグイグイさせないで……狂ってしまいそう……。颯太くん、お願い……紗彩は、もう、あああ」

年上の美女が汗ばんだ額に髪を貼りつかせて悶絶した。凄絶な色香をまき散らし、訴えるおんなの女陰は、なるほど、いっそう潤みが増したようで、肉棒の抜き刺しもスムーズさを増す。

「いいですよ。狂ってください。紗彩さんのイキ狂う姿、見たいです！」

美女の昂《たか》ぶりに応えるように颯太はさらに腰を遣う。左腕をくびれ腰に巻き付け女体を持ち上げると、女陰ぎりぎりまで分身を抜き、すぐにまたひと思いに奥まで貫《つらぬ》き、紗彩の美貌を淫らに歪めさせる。

お湯の浮力もあるのだろうが、思いのほか肉感的な女体が軽くて驚かされた。

「あ……ふひぃ！」

膣奥にまで届いた亀頭が子宮の入口を叩く手応え。刺激された紗彩も、たまらず若牡の首筋にむしゃぶりついてくる。滑らかな背筋を抱き締め、豊かな乳房を自らの胸板に押し潰す。火照った女体は、湯と脂汗《あぶらあせ》にまみれていて、そのぬるぬるとつるつる感がたまらない。

左手を背筋からゆっくりとやわらかな尻朶へと落とし、さらにぐいっと指先を内側にめり込ませ、繋がりあった互いの性器の合わせ目に這わせる。

「あぁ、紗彩さん、こんなにお汁を滴《したた》らせて……。こんなにお湯を汚してしまうと叱られますよ」

ほら……と、颯太は、指になすった恥汁を紗彩に見せつける。実際には、ほとんどがお湯に流されていたが、それでも紗彩は頬を赤くする。

「もうっ、他人事みたいに。誰のせいだと思っているの。こんな長くて太いものでずぼずぼされたら誰だってこうな……あはぁぁぁ！」

言葉の終わらぬうちに、ふたたび動かす颯太に、膣いっぱいを刺激されるや、紗彩はまた颯太の首筋にむしゃぶりついてくる。それでいて自らも淫らな腰振りをしては、ぶる、ぶるる……と、痙攣しながら歓喜の声を颯太の耳に振舞ってくれる。

「ああ、またそんな風に……ひぐ！　うぐう！　あんっ……。罪作りなおち×ちん、私から誘ったのに……。それも年上の私の方が、こんなに感じてしまって……」

「あぁ、照れてる紗彩さん、とても可愛いです……」

込み上げる射精衝動をやせ我慢して、意地悪のように責め続けた甲斐があった。

「こうされるのが、紗彩さんは好きなのですね？　どうですか、おま×こ感じてますか？　ほら、ほら、ほら、またおま×こイキそうなのでしょう？　うんとよくなってくださいね」

座位で抱えた紗彩の尻を、若い腰のバネで突きまくる。

「ひ……く、ふう！　あぁ、おま×こ響いちゃう！　あはぁ、ああん……だ、ダメっ……あぁダメぇ……。そんなにされたら私……ぐ、う！　ぎ！」

突きあげるたび美女が嗚咽《おえつ》を漏らす。顎をあげ、顔をしかめて唇を噛むその表情は、絶え間なく零《こぼ》れ落ちる熱い喘ぎがなければ、苦痛に悶絶するかのようだ。

「あぁ、紗彩さんのその表情、素敵です……。そんないやらしい貌《かお》がもっと見たい！だから俺のち×ぽで、もっともっとエロい顔になってください。紗彩さんの本気のイキ貌が見たいですっ！」

颯太にとって年上のおんなのアクメ貌ほど好物はない。見惚《みと》れるほどの淫らな表情に煽《あお》られ、颯太はますますいきり勃った肉棒を突き上げていく。

綺麗にまとめた髪が乱れるほどの激しさで女陰を奥まで擦られ、連続アクメに晒された紗彩が悶える。

「はぅぅっ、颯太くん……！　ぁはぁん、すごいぃっ……。さ、刺さるの！　亀頭が、子宮に刺さっちゃうのっ……あん！　あん！　ああああ……っ！」

自らも激しく尻を振り、さらなる歓びをねだる紗彩。跨られている颯太も、その腰つきに凄まじい悦楽を誘われ、気がつけば射精寸前にまで追い詰められている。

乱れた髪を頬に張りつけ、凄絶に歓喜に溺れる年上の美女を見ていると、ビジュアル的にも興奮を煽られて、さらに射精欲求が高まった。

「あぁ、紗彩さん、俺、もうダメですっ……もうイキそうで……」

「いいのよっ。このまま膣中《なか》に出してちょうだい。颯太くんの精液で私のおま×こを満たして」

終末を迎えた颯太の激しい突きあげに、負けじと尻を揺らしながら紗彩が中出しをおねだりする。

「ああ、ち×ぽ感じます！　紗彩さんの極上ま×こ大好きです！　大好きなま×こに射精《だ》しますね！　もうすぐだからエロ貌で待っていてくださいね！」

「あぁぁん、早くぅ……。颯太くんの精子、早く欲しい！　濃いのをお願い！　紗彩の淫らなイキま×こにどくどく放ってぇ」

ふしだらに許された颯太は、さらに過激に突き上げた。

頬をひどく紅潮させた紗彩が颯太の胸に大きな肉乳を押し当て、またしても首筋にしがみついてくる。見つめ合い、唇を求め合う。舌を絡ませながら、紗彩も闇雲に尻を振っている。

「もう、イクから……。このまま、紗彩のおま×こに……全部……。おっ、おおっ！　おおおおぉぉぉぉぉぉぉ……」

「私も、颯太くんと一緒に……。あっ、ああっ……またイッちゃう……大きいのが、来るの……あっ、ああっ!!　あああぁぁぁぁぁぁ……」

精嚢から一気に噴き上げた精液が大量に撃ち出され、成熟したおんなの蜜壺を熱く灼《や》き尽くす。

朱唇から絶叫が響き渡り、満天の星空を震わせる。

美しいおんなのカラダがびくんびくんと断続的に震え、肉棒をキツく締め付けてくる。

「子宮の奥まで颯太くんの熱い精子でいっぱい……。あぁ、セックスって、こんなに気持ちよかったのね……」

うっとりと囁いた朱唇が、やわらかく颯太の同じ器官に重ねられる。

断末魔の射精痙攣が二度三度と起きては、年上の美女の膣奥にぶち当て、艶めいた牝啼きを搾《しぼ》り取る。

ついにはカラダのバランスも取れなくなったのか、女体が後方に倒れ込みそうになるのを、颯太は左腕で支えながら、その逞しい胸板に紗彩をやさしく着地させた。

第二章　若女将の秘蜜

1

ぶぶちゅっ、ぢゅっぷ。肉軸を上にしごくタイミングで温かな口が亀頭を飲み込む。手を降ろす行程では、朱唇を緩め、舌先で尿道口をつついてくる。

「ああ、やっぱり、すごいわ。こんなに反り返って……」

血管を浮かせた剛直を至近距離で目の当たりにして、紗彩がこくんと喉を鳴らす。

「ん、ああ、紗彩さぁん！」

上下からの同時しごきに肉茎が悦に踊る。

正直、フェラチオをここまで気持ちいいと感じるのは、はじめてだった。

紗彩が五つ年上のおんなである分、颯太よりもいくらか経験豊富であることは間違いない。けれど、その実、彼女がビッチなどではないこともすぐに理解できた。

（むしろ、恥ずかしがり屋さんで、意外と尽くすタイプかも……）

颯太を奔放に誘ってきたのは確かだが、それも失恋したてのちょっぴりやけっぱちな気分が、彼女をそう仕向けたらしい。

あれから二人は彼女の部屋に移動している。露天風呂では、いつ人目に触れるかもしれないからだ。

聞けば彼女は、不倫相手とここで合流する予定であったらしい。けれど、それも相手に急な予定が入りキャンセルとなった上に、その電話口で別れを告げられたらしいのだ。

「だから余計に、お部屋代がサービスになったのは大助かりだったの。おまけに颯太くんという素敵な男の子もゲットできたし……」

健気におどけて見せる彼女が、ひどく哀しく見えた。

不倫とは言え一つの愛が終わりを迎え、ポロポロと涙したに違いない。自分でもどうしていいか分からないくらいの精神状態だったのだろう。その疼きを癒されたい、慰められたいと緊急避難を求め、箍《たが》が外れたように若い男にすがりついた。

それが、紗彩が颯太を求めた真相だろう。だからこそ、豊麗な女体を颯太に絡みつかせ、もっと奥まで突いて欲しいとせがんだのだ。

「忘れさせて欲しいの。彼のことを……。颯太くんに癒して欲しい……」

言いながら紗彩は、颯太の下腹部に手を伸ばし、肉棒の復活を促してくる。

普段の紗彩であれば、決してしないであろう貪欲《どんよく》な動き。人前では常に礼節をわきまえ、むしろ、周りからは奥ゆかしい女性とさえ見られてきた彼女なのではないだろうか。何気ない仕草や言葉使いに、その片鱗が窺えるのだ。

にもかかわらず颯太の目の前で紗彩は、露骨で淫らな言葉さえ発し、奔放に振舞っている。

「きっと颯太くんには、私、とんでもなく淫乱なおんなに映っているのでしょうね。それでも構わないわ。きっとこれが、私のほんとうの姿なのだろうから……」

竿をしごきながら、もう一方の手でやわやわと肉珠を包んでは、やさしくマッサージしてくる。掌の体温が精巣を溶かす。

徐々に力を取り戻した肉棹をさも愛《いと》おしげに慰めてくれる。

「お……あううっ、タマが気持ちいい……はああっ」

「好きな人の体も……そこから出るエッチな液も……おんなは好きになれるのよ」

またしてもずっしりと玉袋が重くなっていくのを感じた。旺盛な性欲と活発な新陳代謝が、あっという間に精液を貯めていく。

ぎゅっと握られただけで、とぷっ、とぷっと先走りが漏れてしまう。

紗彩はさらに左手を亀頭に被《かぶ》せてきた。

左手で亀頭を撫でられながら、右手で肉茎をしごかれる。

「あん、びくって跳ねたわ。とっても元気に……。ほら、もうこんなに大きく！」

先走りに濡らした手筒が、ちゅくちゅくとしごいてくる。

ただ上下に動かすだけではない。ろくろで陶器を作るみたいに、ひねりながら優しく握られ、にちゃっ、にちゃっ、と我慢汁を泡立てていく。

右手で肉軸をしごくと同時に、カウパーでヌラついた左の掌が亀頭をしゅり、しゅりと撫でる。

「はうぅ、あぁ、紗彩さん、このままでは射精《で》ちゃいますよぉ」

颯太は情けない声で呻いてしまった。和室に敷かれた布団の上で、仰向《あおむ》けになり、かくかくと腰を情けなく揺らしている。

「我慢せずに私に任せて。素直に甘えていいのよ……」

復活を促していたはずの手淫がさらに熱を帯び、颯太の射精を促すものへと変えられていく。

（えっ！　さ、紗彩さんが、口で……！）

すっと美貌が颯太の下腹部に近づいたかと思うと、躊躇いもなく窄められた唇が亀頭部に当てられた。

「おあああぁぁぁっ！」

情けない声を上げる颯太に、艶冶《えんや》な笑みを浮かべた美女が、その口唇をあんぐりと開き亀頭部を咥え込んだ。

ぢゅぷうっとひときわ淫らな音が、艶々のサクランボのように美しい口腔から漏れる。

亀頭を温める吐息と、敏感な肉冠に這う舌、そしてくびれを絞る唇。唾液《だえき》まみれの粘膜が颯太をやさしく追い詰めてくる。

「あ……くううっ、紗彩さぁ～んっ！」

肉茎の芯が痙攣し、下腹の底から熱い快楽の汁がどっと押し寄せてくる。頭の中で、理性が焼き切れる音がした。

紗彩ほどの美女に口淫してもらい、滾《たぎ》らずにいられる方がおかしい。

しかも、年上の美女は颯太の反応を上目遣いに確かめながら、首を前後にスライドさせ、その崩壊を促してくるのだ。

「ぐふっ……くおおおっ！　おほおおおおおお……っ‼」

ただ闇雲にスライドするだけではない。温かな唾液に満ちた口内粘膜が、ネッチョリと吸いつきながらカリ首をしごき、やわらかな舌が裏筋をレロレロと撫で回す。チュパ、チュパッと美味《おい》しくてたまらないと伝えるかのように舌鼓《したつづみ》を打ち、美貌を前後にピストンさせる紗彩の姿を、快感に震えながら颯太は脳裏に焼き付けた。

むろん、彼女は全裸で、しゃぶりつける度《たび》にその柔乳をプルルン、プリリンと卑猥《ひわい》に揺れ蠢《うごめ》かせているのだ。

「も、もうダメです。紗彩さん。俺、おれぇ！」

兆した射精衝動を我慢するのも限界だった。

「く……ううっ」

それでも颯太は唇を噛み、下腹に力を入れて射精をこらえようとした。一秒でも長く健気なご奉仕を受けていたい気持ちがあるからだ。

「ねえ。我慢しないで……」

肉塊を吐き出した紗彩の美声が、耳孔に注がれた。

「素直に気持ちよくなっていいのよ……。そんなに我慢しなくても、何度でも射精《だ》させてあげるから」

甘く促され、その言葉だけでどくんと肉珠の奥で爆発が起きた。

反り返った肉茎が太さを増し、溶けた鉄のような熱いとろみが、がちがちに硬くなった肉胴を通り抜けていく。

颯太の崩壊を悟った紗彩が、再び肉棹を咥える。口腔で牡汁《おすじる》を受け止めてくれるつもりなのだ。

「出る、出るぅっ、おおうう、紗彩さんのお口に……射精《で》ちゃうぅ」

射精して間もないというのに、先ほどと寸分変わらぬ勢いで、新鮮な牡汁が噴精した。

「んああっ、熱い……ふああっ……苦くて、あんん……っ！」

どぷっ、どくうっ。飛び出した精液が紗彩の喉を焼き、舌を襲う。

「きもちいいっ、紗彩さんの口……ものすごく気持ちいいっ」

張り出した亀頭冠が口中を犯し、噴出した白濁《はくだく》を喉奥に届ける。

「お……ああんっ、濃い……ああっ、颯太くんの味。おいしいぃ……」

涙目になって雄肉をしゃぶる紗彩が、悲鳴と嬌声を響かせながらこくん、こくんと直撃精液を飲もうとする。

けれど、紗彩のか細い喉には、若牡の迸りは多過ぎるらしい。

「んんっ……あはぁ……」

年上の美女が、肉茎をちゅぽっと吐き出した。

唇の端からたらたらと白濁が糸を引いて落ちる。

こぼれた精液を掌で受け止め、再び口に運んでいる。

「んふぅ……もったいないわ……」

とろけた瞳で最後の一滴《いってき》まで飲み込もうとしてくれる紗彩。放精を終えた鈴口《すずぐち》を丹念にしゃぶりつけ、付着した残滓《ざんし》を舐め取ってくれるのだ。

「ううっ……そんなことまで……あ、ぁ……」

信じられないといった面持ちで颯太は、紗彩のご奉仕を見つめた。

年上の美女が潤んだ瞳で彼を見つめながら、飴玉を舐めるように亀頭部を舌の上に滑らせている。

颯太が感じている姿がたまらなく嬉しいといった様子で、その潤んだ瞳が「颯太くんにもっとエッチなことしてあげたいの……」と如実に訴えている。

痛みを感じさせない気遣いと共に、陰嚢《いんのう》を口に含み軽く吸ってくる。唾液に照り輝く萎《な》えかけた肉槍に指を絡め、ゆるゆると扱《しご》きが加えられる。

「あ、うぅっ……紗彩さん……っ……おわあっ」

「颯太くんが悪いのよ……。私のことをエッチな目で見つめるから……。すぐにおち×ちんをこんなに大きくさせるから。私をその気にさせてばかり……」

再び滲《にじ》みだす先走り液を吸い取ってから、ねっとりと裏筋や側面に舌を這わせる紗彩。同時に両手で肉幹や陰嚢を撫で回されると、またもや勃起は天を衝いた。

「はぁ、ぁ……あんまりされると……うぅっ……また出る……また出ちゃうよ！」

颯太の吐息が切羽詰まり、切なく表情を歪める。ここまで颯太を追い詰めたことに満足したのか、紗彩は妖しく瞳を煌めかせている。

「んふっ……。もう三度も射精《だ》しているのに、まだ射精《で》るだなんてすごいのね……。でも……まだ射精《だ》しちゃダメよ……」

紗彩が嫣然《えんぜん》と微笑み、戦慄《わなな》く勃起を解放した。

お預けを食らった颯太は、焦点《しょうてん》の定まらぬ目で年上の美女を見つめる。

「もっと興奮させてあげるわ……。私におんなのしあわせをくれたお礼、ちゃんとしてあげたいの……」

滴る唾液もそのままに、紗彩がゆっくりと女体を裏返す。四つん這いになり膝をついたまま太ももを肩幅くらいに開いてから、クッと股間を突きだしてくる。

右手が不自由な颯太を慮《おもんぱか》り、後背位からの挿入を求めてくれたのだろう。

「次に颯太くんが射精《だ》していいのは……ココよ。もう一度、私のおま×こに……たっぷりと射精《だ》してぇ……」

上半身をべったりと布団に着け、自らのお尻に両手を添えて、左右へと開いていく。クチュッと猥音が響くと共に、ほころんでいた淫花が鮮やかに満開となった。

「はぁ、っ……あぁ……っ」

颯太は瞬《また》きも忘れて秘園に見入る。湯殿では拝めなかった年上美女の女陰。淫らであり、艶やかであり、美しくもある。

新鮮な純ピンクの媚肉までが露わになって、その肉壁に密生する肉襞までを覗かせるのだ。

そんな颯太の熱い視線に媚肉を焼かれ、それだけで蜜壺全体が甘く疼いたのだろう。見ているそばから紗彩の淫蜜が滾々《こんこん》と溢《あふ》れ出る。

「こんなところ、自分から見せつけるのはじめてなの……。でも……いやらしい気持ちが止まらない。颯太くんに、もっとじっくり見て欲しいって思っちゃうの……」

煮え滾る淫欲に飲み込まれた紗彩には、もはや恥も理性もなくなっているようだ。

「挿入《い》れて……。いやらしくて浅ましいおま×こに……。颯太くんが欲しいの！」

媚尻を振りセクシーにおねだりをする紗彩。いつまでも眺めていたい光景に後ろ髪をひかれつつも、疼きざわめく分身の訴えに負け、挿入態勢に入る颯太だった。

2

「このまま帰したくはないけれど、そこまで我がままは言えないわね……」

寂《さび》しげにつぶやく紗彩に未練を残しつつ、結局、颯太が彼女の部屋を辞したのは、丑三《うしみ》つ時をとうに過ぎた頃だった。

(さすがに佳純さんは、寝ているかな……)

そう思いつつも、わざわざ回り道してまで颯太は、再び本館の大浴場に向かった。

紗彩の残り香を流してから部屋に戻るつもりなのだ。

「うーっ。寒っ……!」

無意識のうちに背筋が曲がるほどの寒さに、ぶるぶるっと身を震わせる。

この辺りでは、もう初雪が降ったと聞いた。つっかけで踏む土が心なしかジョリジョリいうのは、霜柱が立っているからだ。

「滑って転んで足でも折ったら、さすがに洒落《しゃれ》にならないよな……」

自由の利く左手を羽織の袖に、右手は懐《ふところ》に仕舞い込み、足元を確かめながら慎重に歩く。その背中に、ふいに声がかかった。

「藤原様……？」

振り向くと、そこには若女将の遠野玲奈の姿があった。

「あれ？　若女将……。こんな時間にお仕事ですか？」

近づいてくる若女将は、脇にお盆を挟んでいる。

「ええ。寝酒が欲しいとおっしゃるお客様がありまして……」

玲奈が隣に来た途端、ふわっと颯太の鼻を魅惑の香りがくすぐった。着物に焚《た》き込めた香と、彼女が使うソープや自身の生の体臭が絶妙に入り混じり、得も言われぬ芳香を醸《かも》し出している。

「た、大変ですねぇ。こんな時間に」

「本来は、午前一時までとさせて頂いているのですが、どうにも冷えて寝付けないので、燗酒《かんざけ》で体を温めたいとおっしゃって……」

連れ立って歩きながらの何気ない会話。内容がどうであれ玲奈ほどの美女との会話であれば、愉しいに決まっている。

「にしても、それは客の我がままで、本当に体が冷えるなら、それこそ温泉に浸かればいいのに……」

本気で憤る颯太に、玲奈がクスクスと笑いだした。途端に、暗い夜道がパッと華やいだように感じられた。

「藤原様は、私の味方をしてくださるのですね……」

なぜ笑われたのか颯太には、いまひとつピンとこない。けれど、玲奈のこんな笑顔を見られるなら、いくらでもピエロになれる。そう思わせるほど、素敵な笑顔だ。

「します！　味方します。若女将の味方なら無条件でしちゃいます！　世界中を敵に回したって構いません」

意気込む颯太に、「まあ」と言ってから、急にしんみりと玲奈は「うれしい」とつぶやいた。

「うふふ。なんだか藤原様に、勇気を頂いた気分です」

一転、またすぐに華やいだ笑顔。コロコロと表情を変える玲奈に、颯太は半ば魅了され、半ば翻弄《ほんろう》されている。

「えーと……。何が若女将を勇気づけたのかよく判りませんが、本当に味方しますからね。といっても、学生風情《ふぜい》の俺に何ができるか自分でも心もとないけど、困ったことがあれば何でも言ってください。何を置いても馳せ参じますから……」

正直、自分でも何を言い出しているのかと思いつつも、心の奥に灯《とも》ったパッションが颯太を奮《ふる》い立たせている。あるいは、紗彩と過ごした熱い情事の焔《ほのお》が、颯太の中に埋《うず》め火のように残っていて、そこに玲奈という新たな燃え種がくべられたお陰で、ぽっと火を噴いたのかもしれない。

要するに、紗彩に酔い、いい心持ちでハイになっていたところに現れた玲奈に逆上《のぼ》せているのだ。

「うふふ。藤原様も、酔っていらっしゃるご様子ですね……。ところで、藤原様は、こんな時間にどちらへ？」

本館の玄関口に辿《たど》り着いたころに、逆に玲奈から尋ねられた。

「いえね、せっかくだから、大きな湯船に浸かろうかと……。やっぱ、温泉の醍醐味《だいごみ》は、広いお風呂でしょう……」

まさか紗彩の残り香を流すためとも言えず、調子よく颯太は出まかせを言った。

「うふふ。うれしいです。藤原様は、判っていらっしゃるのですね。そう。やっぱり温泉は、大浴場あってこそですもの」

心底嬉しそうに頷く玲奈の様子に、彼女が由緒ある大浴場に誇りを持っているのだとよく判った。

「そうですよ。客室付きのプライベートの温泉も悪くありませんが、やっぱり大浴場は風情もあって気持ちがいいものです。それに、この本館の建物には、歴史的価値がありますぅ……。日本に残されたアール・ヌーボー様式の建物は、そのほとんどが重要文化財に指定されているのですから……」

得意分野で玲奈の歓心を得たい気持ちもあったが、彼女が殊《こと》のほかうれしそうに聞いてくれるため、さらに饒舌《じょうぜつ》になっていく。

「特に、ここの大浴場は凄すぎです。あのドーム状の天井なんて価値が判る人が見れば、大抵ひっくり返りますよ……。教会の屋根や駅の天井に用いるならまだしも、大浴場にだなんて、ある意味日本人の感性とはいえ、前代未聞もいいところです」

興奮気味にまくし立てる颯太に、玲奈も頬を紅潮させて頷いてくれる。

「ありがとうございます。そこまで判ってくださっているのですね……。本当にうれしい」

余程うれしかったらしく、玲奈は颯太の左手を両手で包み込むようにして、感激の面持ちで上下に振ってくる。

しっとりとした若女将の手指の感触に、颯太は思春期の少年よろしく顔が赤くなるのを止められなかった。

「あっ！　ごめんなさい。お客様の手を取るなんて私……。失礼いたしました」

颯太の表情に玲奈は急に我に返ったらしい。弾かれたように手が離れていった。

「あっ、いや……。若女将に手を取られて嫌な気分になる男なんていませんよ」

本来はシャイな性格の颯太なのだが、既に顔を赤くしているという自覚があればこそ、そんな言葉をしれッと言えた。紗彩と過ごした官能の名残《なごり》のようなハイな気分が、そんな軽口をたたかせたのかも知れない。

「まあ、藤原さまったらお上手を……。そうだわ、少しだけフロントにお寄りください。大浴場に行くのでしたら、そのままでは手が濡れてしまいますでしょう？」

そう言って颯太をフロントまで連れてくると、如才なく若女将は、颯太の右手のサポーターにビニール袋を被せ、防水をしてくれた。

「これで大丈夫ですね。では、ごゆっくり大浴場をご堪能《たんのう》ください」

にこやかに背中を押され、颯太は気分よく大浴場へと向かった。

3

（うわあぁぁ……。こ、これで眠れってか……？　寝られるわけないいじゃん！）

部屋に戻ると、案の定、メインの照明は消されていた。

それでも真っ暗でないのは、颯太が困らぬようにと佳純が気を利かせ読書灯を灯していたからだ。

驚いたのは、安らかに寝息を立てている佳純の褥《しとね》のその隣に、颯太の分の布団が並べて敷かれていたからだ。

ここは高級旅館なのだから、佳純が布団を敷いたわけではなく、宿の係の者が敷いていったはずなのだ。

にしても、この離れには、他にも部屋があるのだから、義姉も別の部屋に床を敷くように申し付けることもできたはず。いくら姉弟とはいえ、頭に義理の文字が付くのだから、一つ部屋で枕を並べるのは、いかにもまずいと思える。

よしんば、男の颯太は構わないにしても、兄嫁の方はそうもいかないと考えるのは、颯太の頭が固いのか。

いずれにしろ佳純がそれをよしとしたのであれば、颯太から部屋を別にしようとするのも如何《いかが》かと思われるのだ。

気が悪いというか、かえって失礼にも思えてくる。

散々、逡巡《しゅんじゅん》した挙句、結局颯太は、空いている寝床に入ることにした。

佳純に背を向けて、ぎゅと眼を瞑《つむ》る。

（しかし、これで寝られるかなあ……）

もしも紗彩と懇《ねんご》ろに睦《むつ》み合《あ》っていなければ、一晩中颯太は悶々として眠れなかったであろう。否、たっぷりと精を放ってきた今でさえ、眠れるか危うい。

事実、部屋に立ち込める兄嫁の匂いを嗅いだだけで、颯太は下腹部に熱く血が集まるのを感じた。なまじ眠ろうと目を瞑るから、かえって嗅覚が敏感になるのだ。

（それにしても静かな寝息だな……。ああ、そう言えば、最近寝つきが悪くてクスリを処方してもらっていると言ってたっけ……）

クスリでぐっすりと眠っているなら、そう簡単に目覚めはしない。ならば、このチャンスに佳純の寝顔を拝んでおくべき。そう思いついた颯太は、何気に寝返りを打つ振りをして、恐る恐る目を開けた。

読書灯は消さずにおいたため、兄嫁の美しい寝顔がオレンジ色の灯りに照らされている。

ただ安らかに眠っているだけなのに、実にたおやかで女性らしく、可愛らしささえ感じられた。そこはかとなく匂い立つような大人の色香も漂わせている。

（ああ、やっぱり義姉さん、綺麗だ……）

これまで颯太は、どんな女優やモデルも、佳純より美しいと感じたことはなかった。

同世代の男たちが夢中になる人気アイドルでさえ、佳純に敵《かな》うことはない。

始末に悪いことに、性的魅力の方面でも、有名なAV嬢やグラビア嬢であろうと、兄嫁以上のセックスアピールを感じられないのだった。

ある種、盲目的であり神聖視している自覚もあったが、颯太にとってそれが事実なのだから仕方がない。

(恋い焦《こ》がれるとはこういうことなのだろうなあ……)

兄嫁であるがゆえに、ブレーキをかけている颯太だけに、いまのこの状況は天国でもあり地獄でもある。

「う、うーん」

何か夢でも見たのだろうか、突然兄嫁が吐息を漏らし、颯太はそのまま固まった。けれど、瞼《まぶた》が開かれる様子はない。ホッとして、詰めた息を少しずつ吐き出した。

改めて美貌を覗き込むと、頬がホオズキのように赤い。小さな額には、玉のような汗が浮かんでいる。

まさか熱でもあるのかと、心配が脳裏をよぎる。けれど、どうやら暑くて寝苦しいらしい。確かに、エアコンの室温設定が少し高めになせいか、薄い掛布団だけでも暑く感じる。

颯太は純粋に、兄嫁の寝苦しさを和らげたいという気持ちで、優美な女体を覆っている掛け布団を上半身だけはぐった。

「うわっ！」

思わず声を上げそうになり、慌てて口をつぐむ。

横臥する佳純の浴衣の前合わせがしどけなくほつれ、眩《まぶ》しいまでに白い胸元が露わなのだ。

思わず顔を埋めたくなる深い谷間が、圧倒的な魅力で覗いている。

いま佳純が身に着けている浴衣は、寝巻代わりに身に着けたものであろうか、颯太が身に着けているのと同じ、くたびれたヘロヘロの生地の浴衣だ。

その薄いヘロヘロした布地が、かろうじて乳頭を覆っている際どさが、たまらなく扇情的だ。

(うおおおおっ！　か、佳純さんのおっぱいだ！)

食事のときは覗くことのできなかった乳暈までが、乳肌とその色合いの変わるギリギリの危うい瀬戸際で覗ける。見られることなど意識していない無防備な姿だからこそ、かえって艶めかしい。

成熟した兄嫁の寝乱れた姿は、紗彩に何度も放精しているはずの颯太にとっても目の毒だ。大浴場で流してきたはずの情事の名残が流しきれていなかったらしく、またぞろ体中の血が猛然《もうぜん》と沸き立った。

（ああ、佳純義姉さん、たまらないよう……。なんて、悩ましいんだ……！）

余程クスリが効いているらしく、相変わらず規則正しく寝息を漏らす佳純に、颯太はただその寝姿を覗くだけでは我慢できなくなり、そっと鼻を近づけその匂いを嗅ぎはじめた。

（うおおぉぉぉ……っ！　義姉さん、なんてエロい匂いなんだ……！）

布団に包《くる》まれ、よほど蒸されていたのだろう。腋《わき》の下あたりから甘酸っぱい芳香をムンとばかりに立ち昇らせている。そこには頭の芯がくらくらしてくるような、今にも昇天させられてしまいそうな、純度の高い牝フェロモンが入り混じっているのだ。

（上半身でこれなら、下半身はどれだけ凄いのだろう……？）

未だ布団にくるまれたままの兄嫁の下半身がどうしても気になる。

（万が一、義姉さんが目覚めたら……。いや、目覚める以前に、そんなことをしてはいけないのに……）

重々承知していながらも、淫らな欲望が颯太の頭を支配する。

つま先の方から布団をつまみ、慎重に上げていく。その行為は、まるで兄嫁のスカートをめくるようで、恐ろしいほどの興奮が押し寄せた。

（す、凄《い》いっ！）

現れ出でた光景に颯太は目を血走らせ、思わず生唾を飲み込む。

スラリと伸びた長い脚が、しどけなく横たわっている。

およそ三十代のおんなの足とは思えない瑞々しい脚線美が、にょっきりと浴衣の裾を割り、無防備に投げ出されているのだ。繊細なつま先からはじまり、滑らかで美しい踵《かかと》。引き締まった足首に、ぴちっとしたふくらはぎ、そしてむっちり太ももが悩ましくはだけている。

薄ぼんやりとした読書灯では、そこまで判然としないが、かえってその朦朧《もうろう》としていることがエロチシズムを増幅させているように思える。

（お、お尻まで見えている……！　ああ、あれが義姉さんの生尻……!!）

浴衣の薄い生地に包まれた兄嫁の艶尻。望んでも決して目にすることなどできないであろうと諦めていた佳純の美尻が、颯太の目の前でその全容を覗かせている。

みっしりと中身が詰まった左右の尻朶が、かろうじて覆う浴衣生地を引き裂かんばかりに横に大きく張り出している。まん丸な輪郭を描きながらウエストに向かって急激に絞られていく臀肉《しりにく》の曲線美は、途方もなく官能的だ。

見事なまでに充実した下半身に、颯太はただ呆然とするばかりだった。

あれだけ射精したにもかかわらず、節操なくパンツの前を大きく膨らませている。

床に突っ伏し、姿勢を低くして中を覗くと、太ももの裏から盛り上がる臀肉の裾野まで見える気がした。もう少しだけ脚を開いてくれたなら尻朶やももの付け根はもちろん、パンティまでが見えそうだ。

（どうしても見たい!! 大丈夫、義姉さんはクスリで眠っているのだから……！）

兄嫁が目覚める危険も顧みず、すっかり見境のつかなくなった颯太は、大胆にも細い足首を捕まえ、その位置を変えていった。

ゆっくりとくつろげられた下半身からは、腋の下よりさらに濃厚な芳香がこんこんと漂ってる。そのフェロモンたるや凄まじく、立ちどころに颯太を恍惚《こうこつ》へと誘い込み、さらに強烈に性欲を刺激する。

颯太は生の牝臭に目をしばたたきながら、クーンと大きく小鼻を膨らませ、薄明かりに目を凝《こ》らした。

垣間見えた下着は、小さな面積の黒い薄布だった。

たるみなくぴっちりと、豊満な尻朶にすがりついている。こんもりとした恥丘の稜線が窺え、布地が股間にキュッと食いこんでいた。

（俺は変態なのだろうか。義姉さんの下着姿にこんなに興奮している……）

たまらずに自由の利く左手で、コチコチに勃《た》まった牡棒をパンツ越しに揉みしだいた。刹那《せつな》に、心地よい電流が背筋を駆け抜け、脳内にアドレナリンを分泌させる。

義姉の布団をまくり上げ、その下半身をオカズに自慰行為に耽るなど背徳も極まっている。もしも、佳純に気づかれでもしたら、二度と口もきいてもらえなくなるだろう。やばいことは判っていても、もどかしいまでの欲求が灼熱のマグマとなって下半身に重く溜まっていく。

兄嫁の艶めかしい肢体が、妖しく官能の泥濘《ぬかるみ》へと誘っていた。

脳髄までが痺れて、何もかもどうでもよくなり、ただひたすら下腹部に溜まりきった欲望を放出したい一心に駆られる。

（ああっ、俺、だめになってしまいそうだ……）

颯太の左手は、未だパンツ越しに肉竿をやわやわと揉んでいる。

義姉の乳房や太ももに触れたい衝動に襲われたが、それだけはかろうじて諦めた。

（なんて俺は馬鹿な真似を……。これじゃあ性犯罪者みたいじゃないか……）

思春期真っ只中の性欲を持て余す高校生でさえ、ここまではしないだろう。

何も知らずに眠っている兄嫁をおかずにしているのだ。けれど、清楚で慎み深い義姉を穢《けが》す行為は、なんとも背徳的で甘美だった。

（髪くらいなら、気づかれないかもしれない……）

布団の上に優美に散らばる髪の先端に、颯太は鼻と唇を近づけた。

佳純が食事を食べる介助をしてくれた際にも、しっかりと嗅いだ匂い。花畑の中に鼻先を埋めているようだ。

（ああ、義姉さんの匂いだ……！）

その匂いを嗅ぐたびに胸を掻《か》きむしられるような思いに苛《さいな》まれる。

彼女に恋い焦がれる切ない想いと、抑圧された獣の如き性欲。その二つはまぜこぜになって、ずっと颯太を苦しめてきた。その苦い記憶を、甘い匂いが触発するのだ。

（ああ、義姉さんっ！　義姉さぁん……！）

唇や頬をくすぐる髪の感触は、高級シルクよりもさらに繊細で、しっとりとした滑らかさがある。

この髪のひと房ですら、ずっと触れられずにきたのだ。そればかりでもゾクゾクするような射精衝動が込み上げるのは当然なのかもしれない。

「ぐうう……っ！」

決壊しかけた欲望に、漏れそうになる声を無理に呑みこむ。

颯太は顔を乳丘のぎりぎりにまで近づけ、きめ細かな肌の白さと、見るからにやわらかそうなふくらみの風合いを目に焼きつけた。

未だそこに触ることが許されない分、視覚や嗅覚が普段以上に敏感になっている。脂肪の深い谷間が汗ばんでいることを、するどく鼻で嗅ぎ分けた。甘い体臭の中に、わずかに酸性の匂いが入り混じっている。子を産んでいない佳純なのに、仄《ほの》かに乳臭くも感じる。

最早、それが限界だった。

やるせなく分身が射精衝動を訴えている。

急ぎ颯太は、自らの布団に潜り込み、今しがた鼻先に吸い込んだ匂いと脳裏に焼き付けた佳純の寝乱れた肢体をおかずに、さんざめく肉塊を左手で擦りあげた。

4

「ああ、だるぅっ！」

目覚めはしたものの、一瞬ここがどこなのか判らなかった。しかも、体がバキバキになっている上に、重だるくて仕方がない。

布団の上に、体を起こすのもやっとなのだ。

「ふああああっ。いま何時だぁ？」

いつの間に眠ってしまったのだろう。枕もとのスマホを取り上げ、すでに昼を過ぎていることを知った。

「ああ、そうかぁ……。まあ、あれだけ射精《だ》していれば……」

だるくて当然と続けようとして、慌てて口を噤《つぐ》んだ。

（そうだった……。義姉さんと二人でいるんだ……！）

ようやく全ての記憶が回路を繋げ、冷や汗をかいた。

今の独り言を兄嫁に聞かれはしなかったかと、恐る恐るあたりを見回す。

けれど、その佳純の姿がない。

「そう言えば、今日は友達と会うとか何とか……」

この温泉の近くの町に佳純の古くからの友人が住んでいるとかで、その人とランチをすると、昨夜に聞いていた。

「颯太くんを独りで置いていくのは気が引けるわ……」

友人と約束をしていながらも、そんな風に気兼ねする佳純を「せっかくなのだから行ってくればいいじゃないですか……。俺は寝て過ごしますから」と促したのだ。

今ごろは、その友人とお茶でもしている頃だろう。

夕食までには戻ると言っていた。

「うーん。さすがにもう眠れそうにもないなあ……。そうだ。紗彩さんのところに行こう！　この時間なら紗彩さんも昼飯まだかも……」

兄嫁が出かけたのをいいことに颯太は、取るものも取りあえずにまたぞろ紗彩の滞在する離れに出向いた。ランチを口実にしながらも、しっぽりと年上の彼女と過ごすことを思い描いてのことだ。けれど、そこに彼女の姿はなかった。

とうに片付けられた離れの様子では、紗彩は朝早くチェックアウトをしたらしい。

「そんなあ……。何も言わずに？」

一夜限りの割り切った関係とはいえ、まさか紗彩が何も告げずに行ってしまうとは思わなかった。

「紗彩さん。どうして……？」

せめて携帯の番号かメールアドレスを聞いておくのだったと後悔しても後の祭り。

彼女への未練ばかりが込み上げてくる。

都合のよい関係を惜しんでいるわけではない。ずしんと大きく凹《へこ》んでいる。

自分でも気づかぬうちに、本気になりかけていたのだ。

「昨日の夜のうちに教えてくれていれば……」

寂しさとやるせない想いを胸に、やむなく部屋に戻ろうと踵《きびす》を返す。さっきまでの雲の上を歩くような足取りが、一転、鉛の足枷《あしかせ》を引きずるようでひどく重い。

「あら、藤原様ではありませんか？」

心ここにあらずで道を歩いていた颯太の背中に、やわらかい声が掛けられた。否。自分では歩いていたつもりでいたが、実際、声を掛けられたのは紗彩が滞在していた離れからすぐの道端だった。

「えっ？　あっ、あれっ、若女将？」

その声の主が玲奈であると、すぐには判らなかった。なぜなら彼女が見慣れた着物姿ではなく洋服を着ている上に、若女将然と後頭部でまとめられていた髪も左右に降ろされ、いまどきのヘアスタイルに華やかなセミロングが揺れていたからだ。

けれど、それが紛《まぎ》れもないオフスタイルの玲奈であると判ると、なぜだか急に体から力が抜けていくのを感じた。

「まあ、藤原様、大丈夫ですか？」

ふらつく颯太に、玲奈が早足に歩み寄り、その腕を支えてくれた。

「あ、いや。大丈夫です。ちょっと、その、なんて言うか。急に力が抜けて……」

「もしかして風祭様ですか？」

さすがに若女将だけあって勘《かん》が鋭い。言い当てられた颯太は、素直に頷いた。

「何か俺に伝言はありませんでしたか？」

「いいえ。何も申し付けられてはいませんが……」

「だったら彼女の連絡先を教えてくださいい。携帯番号とか何かありますよね……」

確か、古めかしい宿帳には電話番号を記す欄があった。

「藤原様の頼みであれば、聞き入れたいのはやまやまですが。これぱかりはご容赦《ようしゃ》ください。個人情報を漏らすのは、当館の信用に関わりますので……」

守るべきプライバシーを老舗の旅館が漏らすはずもない。若女将は当たり前と言えば当たり前の答えを苦渋の表情で返してきた。

「もしかすると風祭様は、藤原様に十分癒されたのかもしれませんね。お立ちになりますとき、とても満たされた表情をしていらっしゃいましたから……。満足されたからこそ、あえてここを引き払われたのだと思います。本来は、二泊のご予定でしたのに……」

玲奈からそう教えられ、ようやく颯太にも諦めがついた。

振られはしたものの、愛されたことも事実と悟ったからだ。

「にしても紗彩さん。きちんとお別れも言わずに行ってしまうなんて水臭い……」

失恋と呼ぶにはあまりに刹那な恋であったが、人を愛することを時間では測れない。だからこそ颯太は本気で紗彩を愛したつもりだし、紗彩もまた颯太を愛してくれていたと信じられる。それが儚くも破れたのだから痛みがない方がおかしい。

けれど、この痛みばかりは、どれほど効能に優れた温泉でも治りはしないのだ。

「辛い想いをしているようですね。そういう時は食べるのが一番。藤原様、お腹は空いていませんか……？」

そう問われた途端、お腹がグーッと鳴った。朝から何も食べていないことをその一言で思い出したのだ。

「まあ、藤原様のお腹は素直ですね……」

クスクスと笑う玲奈に、颯太は先ほどまでの胸の痛みも忘れ、その美貌に魅入られた。我ながら現金と思うが、失恋を癒す特効薬は、唯一恋であると思い知った。

5

「すぐにできますから、もう少しだけ待っていてくださいね……」

対面キッチンから、やわらかな声質が唄うように聞こえてくる。

オフホワイトのニットにジーンズというラフな姿の上に白いエプロンを纏った玲奈が、手際よく料理をする姿を颯太は飽かず見つめている。

颯太が案内されたのは、別館の裏口を抜け、その奥の敷地に建てられた住居。温泉旅館・龍雲荘のオーナーである遠野家のプライベートスペースだ。

暇と好奇心に任せ、昨日から龍雲荘の建つ高台の広い敷地を散歩がてらに歩いていたが、その奥の奥に、さらにこんな建物があったことには気づかなかった。

（まさか、若女将の手料理をご馳走してもらえるなんて……）

まるで美人の姉《あね》さん女房が作る食事をそわそわと待つ夫のような気分でいる。甘くすぐったい想いに、先ほどまでの塞いだ気分がウソのように浮き立った。

（紗彩さんのことであんなに落ち込んでいたのに……）

あまりに現金な自らの立ち直りように我ながら呆れる。

けれど、紗彩のことを忘れたわけではない。確実に、心に傷を負っている。それだけ、真剣に紗彩のことを想っていた証しだ。

にもかかわらず、今度は、やさしくしてくれる若女将に逆上せあがろうとしているのだ。

（ここに来てからの俺、調子よすぎないか……？　紗彩さんに惚れたり、若女将に逆上せあがったり、挙句義姉さんへの邪《よこしま》な想いまで強めていて……。こんなことばかりしていると、絶対天罰が当たるぞ……！）

既に紗彩が何も告げず去っていったことも、考えようによっては天罰のようなものかもしれない。一途《いちず》に佳純だけを想っていれば、こんな痛みも味わわずに済んだ。

けれど、後悔はしていない。哀しくはあっても、それ以上のものを紗彩からもらえた気がするのだ。

（だから、これ以上嘆くのはやめよう。寂しくても、もう哀しまない……）

ボーッとそんなことを考える颯太の目前に、玲奈が出来立ての料理を載せたお盆をスッと置いた。

「お待たせしました。さあ、さあ、冷めないうちに……」

颯太を元気づけてくれるつもりなのか、玲奈が明るい笑顔で促してくれる。

「うわっ、美味《うま》そう！」

皿の上には、大盛りのチャーハンが、隣の皿には餃子が盛りつけられている。さらに小ぶりのカップに中華スープ。小皿にはザーサイと絵に書いたような中華定食が湯気を立てている。

「板さんがいれば、もっと美味しいものを出せたのですけど……。生憎《あいにく》、もう休憩に出てしまったらしくて……」

　その板さんがいないお陰で、颯太は玲奈の自室に招かれたのだ。

　恐らく、ここに招き入れられた客など、滅多にいないはずで、それだけでも特別な計らいを受けていると自覚できた。

「いいえ。むしろ若女将の手料理を頂けるのですから光栄です……」

「そんな大げさな……。うふふ。あり合わせで作ったものですから、お口にあえばよいのですけど」

　颯太の対面に座り、玲奈が白い歯を零している。ぽっと目元を赤らめたように見えたのは気のせいだろうか。

「俺、チャーハンと餃子、大好物です。それに若女将が作ってくれたものなら、どうしたって口の方をあわせます」

「まあ、藤原様は、お上手ばかり……」

　耳に心地よいやわらかな声質で、鈴が転がるように玲奈が笑う。

「あの……。できれば、その藤原様ってやつ、やめてもらえます？　確かに客には違いないのでしょうが、若女将からそう呼ばれるのは分不相応と言いますか……。もう少し、砕けた感じで呼んでもらえた方がうれしいのですけど……」

年上のおんな好きとしては、せっかくの好機。こうしてプライベートスペースにまで招かれたのだから、もう少し若女将との距離を近づけたい。

「では、どうお呼びすればよろしいのでしょう？」

「もちろん颯太でいいです！」

「まさか呼び捨てにはできません。それでは〝颯太さん〟と……。でしたら私のことも若女将ではなく、玲奈と呼んでください」

思いがけずのうれしい申し出に、颯太はぶんぶんと首を縦に振る。

「では、お言葉に甘えて、俺は……。玲奈さんと呼ばせてもらいます。玲奈さん」

「はい。颯太さん」

まるで新婚夫婦でもあるかのように半ば照れながら互いに呼び合う。

白いエプロン姿の玲奈だから、余計に新妻のように思える。

はにかむ玲奈は、その年齢をさらに若返らせたようで、生娘が恥じらうかのような表情を見せている。

「あん、せっかくのチャーハンが冷《さ》めてしまいます。ほら、颯太さん。早く、召し上がってください」

素直に名前を呼んでくれる玲奈に、颯太は満面の笑みを返す。

「いただきま〜す！」

殊更《ことさら》大きな声で挨拶してからスプーンを左手に握りしめた。

骨折による不自由もスプーンであれば、それほど苦ではない。勢い込んで、てんこ盛りに掬《すく》ったチャーハンを口腔に放り込んだ。

刹那に、醤油ベースの香ばしさが口いっぱいに広がる。すぐにうま味と甘み、絶妙な塩分が、渾然一体となって押し寄せる。ご飯が小気味よくパラパラしていて、食感もいい。

「むほっ！」

鼻から抜けていく香ばしい匂いが、さらに食欲をそそり、立て続けに二口目を放り込む。

これほど美味いチャーハンには、名のある中華料理店でもなかなかお目にかかれない。ならばとばかりに、餃子にもスプーンを運んだ。

マナー違反は承知の上で、スプーンで餃子を半分に割るとジュワッと旨そうな汁が滲み出る。慌てて肉汁ごと餃子を掬い、酢醤油をまぶしてから口に運ぶ。

スプーンで割ったにもかかわらず多量の肉汁が口いっぱいに飛び散った。

これほどの恍惚感《こうこつかん》が、食で得られるとは思わなかった。ほっぺが落ちるとは、まさしくこのこと。

「うほほぉっ！　超美味です！　若女将の……じゃなかった、玲奈さんの料理は、どれも最高です！」

わかめ入りのスープで口の中の肉汁をリセットすると、またすぐにチャーハンを口に入れたくなる。

「もう。颯太さんったら、チャーハンくらいで大げさです。でも、そんなに美味しいって言ってもらえると、とっても作り甲斐があります」

「大げさじゃないです。ほんとうに美味すぎですから」

口いっぱいに頬張る颯太を、玲奈は眩いものでも見るように目を細めた。

「でも、男の子の食べっぷりって気持ちがいいですね……。うふふ。颯太さんには失礼だけど、息子に食事を作るしあわせってこんな風なのかしら……」

上品に笑う玲奈に、ようやく颯太は食べる手を止めた。

「えぇーっ。俺なんかじゃ玲奈さんの息子には年が行き過ぎですよ！」

正直、玲奈の見た目は二十代と言われても不思議はない。けれど、その物腰や落ち着いた雰囲気から三十代前半と踏んでいる。だとしたら、颯太との歳の差は一回りあるかないかで、親子ほどは違っていないはずだ。

真顔でそう言う颯太に、ぷっと玲奈が吹き出した。

「あれっ。そこ笑うところですか？　俺、何かおかしなこと言いました？」

本気で玲奈の心内が読めずに、颯太は困惑の表情を浮かべた。

「もう。颯太さんったら、いやねえ……。私のことをいくつだと思っているのですか？　今年、三十五ですよ。颯太さんくらいの息子がいて不思議ありません」

「いや、いや、いや。それでも十五しか違いません。それに玲奈さんは、とっても若々しいから恋人同士にくらいにしか見えないでしょう」

颯太が本気で訂正するのは、玲奈に子ども扱いされたくない気持ちの表れだ。いくつ年上であっても、彼女には息子などではなく男として見てもらいたい。

そう思うのは、佳純から弟としてしか見てもらえない裏返しかもしれなかった。

「まあ。私が颯太さんの彼女だなんて、笑われてしまいます……。うふふ。でも、おんなとして、ちょっとうれしいかも……」

否定しながらも頬を上気させる玲奈に、颯太はうっとりとさせられた。清楚でいて濃艶な色香が、華やかに匂い立っているからだ。

（ああ、玲奈さん、すごく色っぽい……）

先ほどまでがっつくように食べていたチャーハンへの食欲も霧消して、たまらない性欲にすり替わっている。

「まあ、颯太さん、ポロポロこぼして子供みたい……。それに、ここに……」

白魚《しらうお》のような繊細な指が、自らの口元を指した。ご飯粒がついていると言いたいのだろう。颯太は、子供のようと言われたのを気にして、大急ぎで口元を拭った。

「あん。そこじゃなく……」

玲奈がすっと立ち上がると、颯太の隣の椅子に座り、口元のご飯粒を取ってくれた。しかも、そのご飯粒を自らの口に運び、食べてしまうのだ。

「うふふ。おいしい」

ぺろりと舌を出して笑う玲奈に、ズキュンとハートを射抜かれた。傍らに来た女体から、より濃厚に漂う甘い体臭にもドキドキが止まらない。

(くわああああっ！　なんかいい雰囲気。たまらないよぉ玲奈さ〜〜んっ!!)

しっとりとした落ち着きを持ちながら無邪気さも見せる大人カワイイ美熟女に、他愛もなく虜《とりこ》にされている。

蕩ける思いで玲奈を見つめる颯太だったが、そんな空気を引き裂くように、凄まじい光と音が突然に轟《とどろ》いた。

「おわっ！」

情けなくも驚きの声を颯太があげた。

「な、なんだぁ……？　い、今のは何でしょう？」

「雷です。今ごろの雷は雪起こしと言って、雪が降る前によく鳴るのです。確かに、今のは近かったけれど……。」

本格的な雪の季節の到来を積乱雲が触れ回っているのだ。

いくら慣れているとはいえ、全く動じない玲奈に対し、色めき立つ自分が恥ずかしい。とは言え、悲しいかな颯太は雷が大の苦手だった。

大の大人がいい年をしてみっともないと思うが、顔が強張《こわば》るのを禁じ得ない。

「か、雷ですか……。あんなに近くに落ちたと感じるのははじめてです……」

未だ動揺を隠しきれずにいるところに、またしてもびかっときては、すぐに轟音が鳴り渡る。薄い窓ガラスが、ビビビと震えるほどの重低音に颯太は首をすくめた。

「大丈夫ですか？　颯太さん、雷様が苦手なのですね……。うふふ、カワイイ」

「れ、玲奈さんは平気なのですか？」

美熟女が平気な顔でいるお陰で、何とか颯太も平静を保とうとしている。いつもであれば、もっと大騒ぎしていたはずだ。それでも動揺は隠しきれず、顔色を青くしていた。

そんな颯太に、玲奈が慈愛の籠《こも》った笑みを浮かべながら、そっと颯太の左手を握りしめてくれた。

「うふふ。ここは高台のせいか、けっこう近くに落ちるのです。お陰で、すっかり慣れっ子に……。大丈夫ですよ。敷地内には避雷針も立っていますし……」

子供を宥めるようなやさしい口調で説明されると、これほど動揺している自分がバカバカしく思えてくる。しかも、玲奈に手を握られていると、不思議と気持ちが和《やわ》らいでくるのだ。

「うわあぁぁ。また光った……」

それでもゴロゴロと轟くと、またぞろ颯太の心臓は早鐘を打つ。その様子を見かねた玲奈が、颯太の耳を塞ぐようにして、頭をやさしく抱きかかえてくれた。

(えっ？　えぇぇ～っ！)

ふっくらほこほこのふくらみに頬が当たっている。むにゅりとした弾力に守られていると、雷などまるで怖くなくなった。

ミルクのような甘い匂いは、恐らく玲奈の体臭に由来するものだろう。和服に焚き込めた香の匂いにも、それと同じ成分が入り混じっていたのを覚えている。

やさしくも母性を感じさせる匂いに、颯太はうっとりとさせられた。

しかも、ニットのやわらかい風合いはエプロンを着けていても、悩ましい肉感をまるで妨げることなく、ダイレクトに颯太の頬を蕩かしていく。

（あたたかくて、やらかくて、いい匂いで……。ああ、玲奈さんのおっぱいに顔を埋めているんだっ!!）

棚から牡丹餅《ぼたもち》と言うべきか、災い転じて福と言うのか。とにもかくにも、ありえない幸運に、颯太はそれこそ幼子のように乳房に顔を埋もれさせた。

紗彩の瑞々しいふくらみも素晴らしかったが、玲奈の充実した乳房は、何物にも代えがたい悦びと幸せを味わわせてくれる。

「どうですか颯太さん。こうしていると少し怖さも紛れるでしょう？」

「れ、玲奈さん。ありがとうございます。これなら怖くありません」

もちろん、この邪魔な衣服をどけて直《じか》に乳房に顔を埋めたい欲望はあるものの、ふわぷるの感触に頬ずりするしあわせは何物にも代えがたい。

「うふふ。やっぱり男の子ってカワイイ……。颯太さんみたいな男の子、私も欲しかった……」

「欲しかったって、玲奈さんは、まだ出産を諦める歳ではないでしょう……？」

つぶやく玲奈に、反射的に颯太は訊いてしまった。けれど、声にしてから、あまりにもデリカシーのない質問であったかもと後悔した。何か事情があるのであれば、立ち入るべきではないように思えたのだ。

「そうですね。確かに、まだ遅くはないですね……。だったら颯太さん、私を孕《はら》ませてくれませんか……？」

「はあ……？　孕ませるって、俺が玲奈さんをですか？」

あまりに唐突な申し出に、さすがに颯太も面食らった。

「うそ、うそ。冗談です。忘れてください……」

否定しながらも玲奈は、颯太の頭を強く抱きかかえ、どこまでもやわらかいふくらみを押し付けてくる。

自分でも突拍子もないことを口走ったと思ったのだろう。急に恥ずかしくなり、颯太に顔を見られたくないのかも知れない。

この世のものと思えない居心地に溺れそうになりながら、颯太は夢中で叫んだ。

「もし玲奈さんが本気だったら……。俺、玲奈さんを孕ませたい！　もちろん、きちんと責任は取ります。まだ学生だけど……。必ず、玲奈さんをしあわせにしますから！　お、俺と子作りを……」

言い終わってから、我ながらなんて不細工な口説き方だろうと自己嫌悪した。雷に怯《おび》え玲奈の乳房に避難しながら求愛するなど、あり得ないにも程がある。

これでは、勢い任せというか、一時の激情に任せてと取られても仕方がない。けれど、颯太としては大真面目で、玲奈のような女性とであれば結婚してもいいとまで思い込んでいる。

「まあ、颯太さんたら……。私、本気にしてしまいますよ。ただでさえ、無条件で味方するなんて言われて気持ちを揺らしていたのですから……」

昨夜口走ったことが、意外にも玲奈の心に刺さっていたらしい。

美人の誉れ高い老舗旅館の若女将だけに、あまたの客から口説かれてきただろう。それ故、颯太如きの言葉など、容易《たやす》く受け流されたものと思っていたのだ。

「安心してください。責任を取って欲しいなんて言いませんから……。だって、これはお互いにメリットのある、いわばウインウインの関係ですもの」

「ウインウイン？」

「つまり颯太さんは、私に慰められて風祭様との失恋の痛手を癒せる。対価として私は、颯太さんの新鮮で良質な精液をたっぷりと注いでもらう……。ほら、ウインウインでしょう？」

「うーん。でも、それって俺にばかり都合がよすぎる気が……。本当に、それでいいのですか？」

どこまで彼女が本気なのか確かめたくて、後ろ髪を引かれながらも、その至福の胸元から顔を離した。

目に飛び込んできた玲奈の表情は、女神のように神々しく、それでいて娼婦のように淫らにも映る。

彼女の美しさと色っぽさが颯太の下腹部を直撃した。

ここの温泉にはおんなを美しくすると同時に、男性の精力を増進する効果があると紗彩から聞かされていたが、あながちそれもウソではないらしい。

昨夜からあれほど射精し通しなのに、またぞろ颯太は精力を漲《みなぎ》らせていることが、その証拠だろう。むろん、それには玲奈のただならぬ魅力があってこそなのだが。

「まあ、うれしい。私みたいなおばさんにこんなに反応してくれるなんて……」

「おばさんなんてことありません。玲奈さんはとっても綺麗で、若々しくて、それにとっても色っぽい……」

「うふふ、颯太さんはそんな風にいつも私をうれしがらせてくれます……。とっても大人なセリフを吐く癖に、急に子供っぽくなったりして……。そのギャップにやられてしまうのです……」

「大人とか子供とか、判りませんが、俺はいつも頭と口が直結してしまうから……。でも、俺もうれしいです。どちらかと言えば綺麗なお姉さんに可愛がられたい方で……。玲奈さんが相手なら、いくらでも元気になれます！」

湧き上がる劣情をそのままぶつけさせてくれそうな美熟女に、颯太は自らの嗜好《しこう》を白状した。

「うふふ。それでしたら、最高のおもてなしと至福のサービスが、当旅館のモットーですから、颯太さんを最上級の天国にお連れします」

言いながら玲奈は、颯太の左手を握り締め、腰かけている椅子から立ち上がるように促した。

素直に従う颯太を、彼女は自らの寝室へと導いてくれた。

6

「大丈夫ですよ。私の他は誰もいませんから……。丁度、女将も出かけていて」

優美な所作で、玲奈が窓のカーテンを閉める。

案内された十二畳ほどの寝室は、意外にも洋風の佇まい。若女将の私室だから、てっきり和室であろうと思い込んでいた。

しかも、置かれている家具のセンスに、思わず颯太は唸った。

「さすがは老舗旅館の若女将の部屋ですね……。物凄く、趣味がいい」

本棚とデスクが一体になったスチューデントビューローは、見た目にも本物の西洋アンティークで、オーク材が使われている。デスクの前に置かれた椅子も年代物のようだ。

さらに目を惹《ひ》くのは、三面鏡のドレッシングテーブルだった。この手の家具では珍しい明るめのウォールナット材を用いていて、木目《もくめ》がひどく美しい。

「こんなキドニー型のドレッサーは、珍しいですよね……」

「うふふ。本当に颯太さんは、お目が高い」

玲奈ほどの美女に褒められてうれしくないはずがない。いい心持ちになった颯太は、もう少しだけ蘊蓄《うんちく》を傾けたくなった。

「まあ、建築と家具って対のようなものですから……。ところで、ご存知ですか？キドニー型って腎臓の型って意味なのですよ。にしても、優雅なデザインのドレッサーだなあ……」

しきりに感心している颯太を、玲奈が部屋の中央に置かれたセミダブルのベッドへと導いてくれる。さすがにベッドは新しいモノのようだが、他の家具に合うように猫脚が選ばれていた。

颯太をベッドの端に座るように促した美熟女は、そのままじっとこちらを見つめたまま黙している。

「あの……」

無言でいるのが照れくさくて、声を発しようとした颯太の唇を、立てられた繊細な人差し指が押しとどめる。もう会話は、そのくらいにというのだろう。

玲奈の瞳はじっとりと潤んでいて、その女体が早くも発情を来《きた》していることを窺わせる。

黙したまま美熟女の腕が自らの腰部に回されると、はらりとエプロンの紐が解かれた。首にかかる紐から頭を抜き取ると、途端に白いエプロンは力なく一枚の布となって、そのまま床に投げ出される。

そのまま長くしなやかな腕をカラダの前で交差させると、オフホワイトのニットの裾を摑まえた。一瞬、躊躇いの色を見せながらも、ゆっくりとニットが捲《めく》れあがる。

ムンと牝が匂い立つくびれが現れたかと思うと、ずっしりと重く実らせた胸元が下乳の丸みから徐々に露わとなっていく。やがて熟れごろも極まったやわらかな胸の膨らみが、光沢のある機能的なベージュの下着に包まれたまま現れる。

そのマッシブなボリュームたるや、ハーフカップのブラから今にも零れ落ちそうなほどに張り詰め、ニットから頭が抜かれる反動でユッサ、ユッサと悩殺的に揺れるのだ。

瘦身と思えた肉体は、その実、男好きのするたまらない肉付きであったことを和服に隠していたらしい。

「もう。颯太さんったら、そんなに真剣な目で見ないでください……。ただでさえ、太っていて恥ずかしいのに」

今しがた脱ぎ取ったニットを両腕で抱くようにして、細腰を捩る玲奈。美熟女の恥じらう様《さま》は、乙女そのものでありながら、やはりどこか艶めかしい。

「見ないわけにいきません。せっかくの玲奈さんのストリップです……。それに言うほど太っているようには見えません……。色っぽい肉付きとは思うけれど」

「いやん。ストリップだなんてそんな……」

たわわな乳房を揺らしながら、またしても玲奈が身を捩る。そのウエストは、熟れによる丸みも滑らかに、適度に絞り込まれている。

「ああ、玲奈さん。焦《じ》らさずに続きを見せてください。早く、玲奈さんのヌードが見たいです！」

そう促された美熟女は、頬を真っ赤に紅潮させながらも、こくりと小さく頷き、その手指をジーンズの前ボタンに運んだ。

細い指先がファスナーを降ろすと、膝を曲げ中腰になってジーンズを引き下げていく。

悩ましいまでに張り出した腰つきは、熟女らしい骨盤の広さをたたえた、洋ナシ型の完熟尻だ。むっちりとしたエロ太ももは健康そうに艶々で、子持ちの牝アユの腹の如きふくらはぎへと続いていく。

腰高のすらりと長い美脚にパンティストッキングを穿いていないのは、普段和服ばかりを着ているからなのであろうか。

「本当にそんなに見ないでください。普段着けている下着なのも恥ずかしいわ」

見られることを意識していない機能的な下着ながらサテン生地の艶感が、玲奈の美肌と相まってその色っぽさを増幅させている。

「そんなに恥ずかしがらないでください……。玲奈さんぐらい美人だと、普段着でも、綺麗で、セクシーで、ものすごく魅力的です！」

踵を持ち上げ靴下を脱ぎ捨てた玲奈は、今度は颯太の番とばかりに、その服を剝《は》ぎ取っていく。

ウールのモックネックセーターを裾からまくり上げる玲奈に合わせ、颯太が万歳をする。高い襟を颯太の口元が抜けた途端、不意打ちのように美貌が急接近して甘い紅唇が押し当てられた。

まるで映画のワンシーンのような口づけ。

目元がセーターに隠されている故に、その唇の感触をより鮮明に味わえる。

ふわりとやわらかな風合い、ぽちゃぽちゃっとした触れ心地、しっとりとした湿り気、おんなの唇の魅力の全てが詰め込まれているような味わいだ。

「んふぅ……ほうっ……んんっ……」

鼻で息を継ぎながら、官能的に口唇を押し当てる玲奈。やがて、その唇があえかに開き、ピンクの舌が伸びてきて、颯太にも唇を開けるようノックしてくる。

「ほふうぅっ……むふぉんっ……ふむふぅ」

いつしか颯太も、鼻息荒く彼女の唇をがっついている。それを制するように美熟女は、少し距離を空けては紅唇を重ね、また離れては触れ合うキスを繰り返す。

「ほむんっ……んむんっ……。もっとキスをご所望ですか？　いいですよっ。もっともっと味わわせてあげます」

　言いながら玲奈は、ようやく颯太の顔をセーターの中から救い出してくれる。そのまま若女将は、セーターを全て脱がせようとしたが、右手のサポーターに袖口が引っかかるのがもどかしいと、双方の袖に手首が残されたままにされてしまった。

「袖は後で……。颯太さんは、されるがままでいてくれればいいのですから……。それよりも続きを……」

　しっとりした長い手指に颯太の両頬が包み込まれ、やさしく擦られる。気色のいい電流がざわわと背筋を走った。

　セーターで後ろ手に拘束され、ＳＭチックな背徳的行為をしている気分だ。

「ふああっ……玲奈さん……ほおぉぉぉっ」

　床に跪《ひざまず》き真正面から女体が、ベッドに腰かける颯太にしなだれかかる。紗彩よりツーサイズほども上のスライム乳が、甘く胸板をくすぐっていく。

「ちゅるっ……ぐふうっ……玲奈さん……んふっ、んっ……ぶちゅっ……ぢゅぢゅちゅっ……ごふっ、ぐぅぅっ」

　唇を吸われ、舐められ、歯の裏や顎の裏、喉奥まで玲奈の舌がくすぐっていく。

　何分キスをしているのか、息苦しくも甘く、狂おしくも快美に、脳髄までが熱と粘膜に溶かされていくのを感じた。

「んーっ……ぢゅうぅ……はむん……ちゅちゅっ……ほぅ、ほおおっ！」

玲奈の舌先から、どろりとした粘性の高い涎が多量に流し込まれる。夢中でそれを嚥下しながら彼女と舌をもつれさせ、絡めあい、付け根までしゃぶりあう。

「はっ、はっ……んふぅ……んっ……ちゅっ……んふぅ……ぶちゅるるっ」

口中が涎だらけになり、唇がふやけ、舌がつりそうになる。二人とも頬を紅潮させ荒い息を繰り返すほどの口づけだった。

「うふぅ。れ、玲奈さん……。キスってこんなに……キスだけでこんなに……」

「はぁ、はぁ……そうですね。私もこんなに熱くて素敵で、しあわせな気持ちになれるキスは久しぶりです……はぅ、はぁ、はぁ」

紅潮させた美貌をやわらかくほころばせ、それこそしあわせそうに玲奈が言った。

7

「玲奈さん。最高です。あぁ、しあわせだけど……。俺、たまらなくなりました」

「そうみたいですね……。ズボンの前がこんなに膨らんでいる。待ってくださいね。

いま、狭苦しいところから出してあげますから……」

はにかむように微笑みながら、玲奈の手が颯太のズボンのファスナーを引き下げていく。器用に前ボタンも外されると、パンツもろとも一気にズボンを降ろしていく。颯太も玲奈に合わせベッドの上で腰を浮かせ、脱がせる手伝いをした。

ぶるんと風を切って剝《む》き出しになった分身は、既にガチガチに硬くなり天を衝くほど昂っている。

「あぁ、凄いのですね。とっても逞しい。目のやり場に困るほど……」

確かに颯太の肉柱は、日本男児の平均を5センチ以上も上回り、そのカリ首も大きく発達させた業物《わざもの》と呼べる逸物だ。

自慢ではないが、ほとんどの子宮口の急所にまで届く上に、極太の竿部もおんなウケがいい。さらには、弓なりに上ゾリしているところも、おんな泣かせであるらしく、それを褒めてくれる女性もいた。

けれど剛直はもろ刃の剣で、損をすることも少なくない。

初体験が遅くなったのも、この分身への同世代女性からのウケがすこぶる悪かったことが理由だし、その大きさを恐れてフェラを拒む女性も多い。そもそもおんなは可愛いものが大好きで、それとは正反対極まる凶悪な面構《つらがま》えの颯太の分身など、触りたくもないのが本音なのだ。

颯太自身も細く華奢な女性と見るだけで、はじめから性愛の対象から外してしまう傾向にあった。いざという時に、相手を壊してしまいそうと躊躇われるのだ。

あるいは颯太の年上好きは、佳純の存在も影響したが、ある程度経験を積んだ熟女であれば、その懸念も薄れるとの思いが無意識に働いているのかもしれない。

「本当に男前のおち×ちん……。こんなに凄いものが、私の膣中《なか》に挿入されるのですね……」

不安げに言いながらも玲奈は、颯太の分身にその紅唇を近づけ、ちゅちゅっと口づけしてくれた。

「うおっ！　れ、玲奈さん……！」

これだから熟女はたまらない。あれほど清楚で上品に澄ましていながら、その仮面の下にはいやらしく淫らな素顔を隠している。しかも、玲奈には人一倍のやさしさと情の深さまでが備わっているのだ。

それは颯太の肉幹を握る手つきですぐに分かった。

奥ゆかしくも甲斐甲斐しく、やわらかい手指がキュッと肉幹を締め付けながら、敏感なカリ首を親指の腹でなぞるのだ。

（玲奈さんみたいな美しい人が、僕のち×ぽに触れてくれる……）

紗彩の時にも似たような感情を抱いたが、颯太の肉槍を恐れることなく白く清らかな指先が触れる様は、牡の本能を活性化させ、熱く滾る欲望を煽られる。

凄まじい興奮とその気色よさに誘われ、すぐに颯太の口から情けない声が漏れた。

「あ、あうっ……」

「うふふ。気持ちよさそうな声が出ましたね。構いませんから、いっぱい気持ちよくなってくださいね……。体の力を抜いて、最高の気分にしてあげます……」

美熟女が妖しく囁くと、肉塊を握る手がゆったりと動きはじめる。

快感のあまり開いた颯太の太ももの間に、さらに玲奈がその女体を割り込ませた。

「おうっ……。あっ、あぁ、凄いです！　玲奈さんの手、気持ちよすぎです！」

「本当は、上手くできているか自信ないのです……。こんなことをするの久しぶりだから……。でも、颯太さんの気持ちよさそうなお顔を見ていると、どんなエッチなこともしてあげたくなってしまいます……」

肉棒を擦る美熟女の手指が、亀頭部にも達した。鈴口から漏れ出した透明な汁を掌に纏わせ、やさしくエラ首をあやしてくれる。

「あうっ、玲奈さん。す、すごく感じます……！」

びくっと腰を震わせては、湧き上がる甘い愉悦を味わう。

「ああ、おち×ちんだけではなく、玉もずっしりとしているのですね。うふふ、これならたっぷりと精液が詰まっていそう……」

上品な唇が淫らな言葉を吐くギャップ。熱く欲情が迸る肉勃起に、真っ白な指のひんやりとした感触が心地いい。

（ああ、あんなに清楚だった玲奈さんの顔が、いやらしくなっている……。牝の表情って、こういう貌なんだろうな……。俺のち×ぽを弄《いじ》りながら玲奈さんも興奮しているんだ……）

玲奈の大きな瞳が妖しい輝きに煌《きら》めき、酒にでも酔っているようなうっとりとした表情をしている。

（ああ、玲奈さんのおっぱいが、あんなに大きく揺れている……）

美熟女が痩身を前屈みに気味に傅《かしず》かせ、熱心に男根を擦っているため、連動した大きな乳房が下着もろともフルフルと揺れている。おっぱい星人を自負する颯太の視線がそこにくぎ付けになるのは当然のことだ。

「あん。颯太さん。私のおっぱいをご所望なのですね……。判りました」

熱い視線に気づいた玲奈が、勃起から手を離し自らの背筋に腕を回す。

器用に手指を動かすと、ゴム紐が力なく撓《たわ》み、ブラカップがはらりと落ちた。途端に零れ落ちる美熟女の生乳。そのボリュームと迫力で、ぶるんと空気を震わせた。

しかも、その乳房はただ大きいばかりではない。僅かばかり重力に負けて垂れはしているものの、だらしなさなど微塵もなく、丸く張りつめている上に、乳首がツンと上向いていて、まさにたわわに実らせている印象だ。

その乳輪の美しさたるや目を見張るほどで、恥じらうかの如く控えめながらもローズピンクに色づいているのだ。

「す、凄く綺麗なおっぱいですね……。美し過ぎて目が眩みそう！」

お世辞を言ったつもりはない。掛け値なしの感想を口にしたまでだ。

「あん。褒めたりしないでください。うれしいけれど、恥ずかしい……」

羞恥《しゅうち》に頬を染めながらも玲奈が膝を支点にして腰を微かに浮かせる。美熟女の指が、自らの豊満な乳房を抱え込んだ。白い半球がタプンと重なり合い、颯太の股座《またぐら》に覆い被される。

「えっ？　おおっ！　玲奈さんの大きなおっぱいが俺のち×ぽを埋めて……」

魅惑の塊が颯太の太ももや肉勃起の上ゾリにしなだれかかっている。さすがの巨根でさえも、双《ふた》つの半球に埋め尽くされている。

「凄い大きなおち×ちんだから、私の胸でも収まるかどうか……」

言いながら美熟女は自らの肉房を左右から圧迫すると、器用にその上ゾリを深い谷間に包み込む。最も敏感な亀頭部までもが、柔肌に挟まれている。

「ぱ、パイ擦りぃ……！」

驚く颯太を尻目に上ゾリの表面を蕩けるように滑らかな乳肉が擦りつけていく。チュポンと亀頭部が谷間を抜けた後、玲奈はそのカラダを沈め、今度は裏筋を肉の狭間に包み込む。

怒張に乳肌がむにゅんと吸い付いた。凄まじい快感に嬲られた颯太は、「あぁっ！」と切ない声を漏らした。

「ああん。やっぱり大きいのですね。先っぽがはみ出してしまいます……。仕方がないので先っぽには、その……。お口を使わせてくださいね……」

「えっ？　お口って、それはまずいです。俺、今日はまだ風呂に入っていません」

止める颯太の声も聞かず、玲奈は大きく口を開け、谷間からはみ出す亀頭を躊躇なく頬張る。

「むぅう、んふ、んふぅっ……。颯太さんのおち×ちん、確かにちょっと汗の匂いがします。けれど、不潔な感じはしません」

若い颯太であるだけに新陳代謝も活発で、その下腹部ともなれば、蒸れた汗混じりの牡臭が美熟女の鼻孔を直撃するはずだ。

「ううっ……。す、すみません。こんなことまで玲奈さんにさせて……」

「いいのですよ、謝らないでください。私がしてあげたいのですから……。汚れも私が綺麗に……。んふぅ、レロ、ちゅるる。んちゅ、ちゅぷ、んはぁぁぁ……」

人肌のやさしい温もりに充《み》ちた乳房は、ガチガチに膨張した肉塊には熱さましとなって心地いい。しかも、その口腔内には豊潤な唾液が満たされていて、灼熱の亀頭部を濡らしてくれる。

「おっ、おおっ……。気持ちいいっ。ああ、玲奈さんのパイ擦り最高ですっ！」

颯太に褒められるのがうれしいのか、美熟女が妖しく蠢きたてる。

純白の双乳が大きく容《かたち》を変え、8の字を描いて蠕動した。ゆったりとした動きであるにもかかわらず、繊細な乳肌は肉茎にふるるるんと吸い付いては波打ち、甘やかに急所を襲ってくる。しかも、美熟女が舌を盛大に伸ばして亀頭部を舐め上げてくるからたまらない。

押し寄せる凄まじい快楽を颯太は唇を噛んで堪えた。僅かでも気を抜けば、たちまちのうちに追い込まれてしまいそうなのだ。

(大きな胸が、ぷにゅぷにゅとうねって……。ヌルヌルした舌に先っぽを舐めまくられて……。あぁ、やばい。玲奈さんが、こんなエロいことをしてくれる……)

あるいは手指による慰めより、美乳によって与えられる刺激の方がソフトであるかもしれない。けれど、亀頭部を舐め上げる口淫奉仕は、ソフトであっても強い刺激に満ちていた。しかもそれを施《ほどこ》してくれるのは、誰もがその美しさを認める若女将なのだ。

「んはぁ、れろろ、んちゅぅ。いかがですか？　気持ちいいかしら……」

「は、はい。凄く気持ちいいです。それに、夢みたいです。玲奈さんみたいな綺麗な人に……。それも多くの男性客が憧れる若女将に俺の、ち、ち×ぽをしゃぶらせているなんて……。畏《おそ》れ多いにもほどがあって……」

「もう、颯太さんったら。こんなおばさんに憧れるお客様なんていませんよ……。大丈夫ですよ。そんなお世辞ばかり言わなくても、ちゃんと気持ちよくしてあげますから。あむん、んふぅ。ぶちゅちゅ、ずずずず……」

照れた表情が俯《うつむ》き加減にも愛らしい。心持ち男根を頬張る勢いにも、熱心さが増した気がする。

おんなは褒められて美しさを増していく。化粧品か何かのCMで見聞きしたコピーが、事実であることを目の当たりにした。

「あん。それにしてもこのおち×ちん、やっぱり凄く大きい……。先っぽだけでお口いっぱいなのですもの……。本当は、根本まで呑み込んであげたいのに……」

いかにも悔しそうにつぶやく玲奈。せめてもと乳肌で茎肉を扱き、エラ肉の張り切った亀頭を舌裏でねぶりたおそうとしている。

麗《うるわ》しい口唇からは涎が垂れ、鼻息を抑えることもできないらしい。寝室に響く派手な吸茎音が颯太の喘ぎを掻き消していく。

「んふっ、むふぅ、颯太さんのおち×ちん、とっても美味しい。先っぽなんてプリっとして、まるでライチの実みたいです。うふふ。果汁もたっぷり」

つぼめた唇が鈴口に吸い付き、ヂュルヂュチュッと吸われる。唾液に照り輝く勃起になおも乳肌がゆるゆると扱きを加えてくる。

「あう、そ、そんなに吸わないでください」

「ちゅぽん。だって、お露《つゆ》が溢れてくるのですもの。うふっ、甘じょっぱい。んちゅ、ちゅぷん……。いいですか、颯太さん。我慢なんかしちゃ駄目ですよ……」

「え？　そ、それって……」

恐らく玲奈の脳裏にも、颯太と同じ映像が浮かんでいるのだろう。男根をビクンと跳ねさせ、鈴口から溢れさせせた濃い先走りの蜜を朱舌で舐め取ってくれた。

それを合図に美熟女は猛然と頭を前後に振りはじめる。

「うあぁぁ、だ、駄目です。そ、そんなに激しくされたら……っ！」

「駄目じゃないです。颯太さんの味を、精液の味を知りたいのです。だからお願い。私の口の中でイッてください。玲奈に精液を味わわせてください……」

颯太を見上げる潤んだ瞳が、そう告げている。

「うぉ、ぁ……あんまりされると……ぐぅぅっ……射精《で》る……射精《で》ちゃいます……っ」

淫らな唇にチュポンチュポンと吸い付かれ、唇粘膜にカリ首を擦られる。ねっとりと裏筋や側面に乳肌が這いずりながら、甘い圧迫が幾度も繰り返される。

勃起を狂ったように跳ね上げながら颯太は表情を歪めた。

口が半開きになり、淫熱の籠った吐息を何度も吐き出す。

男根の破裂は秒読みに入っていた。亀頭部がこれ以上ないほどにまで膨れ、我慢汁を零し続ける鈴口は早く悦びを吐き出したいと開閉する。睾丸が丸く固締まりして発射態勢を整えた。

（もっと、玲奈さんに気持ちいいことをしてもらいたい。もっとこのおっぱいを感じていたい。なのに、俺、ああ、もう……）

我慢汁に濡れ光る乳肌が激しく波打つたび、股座からぢゅぷにゅちゅっと淫らな水音が響き渡る。

全身の感覚が甘い悦楽に支配された。切羽詰まったやるせない衝動に、わずかでも快楽を上積みしようと腰が勝手に動く。ベッドのクッションが小さく軋《きし》みを上げた。

「も、もうダメです。これ以上我慢すると、ち×ぽがおかしくなっちゃいます。射精《で》ますよ。ああ、射精《で》ちゃううぅぅっ！」

玲奈から我慢を強いられているわけでも、お預けを食らっているわけでもない。むしろ美熟女は、慈悲深くも健気に颯太の崩壊を促してくれている。

勝手に颯太が彼女を慮り、自分ばかりが気持ちよくなることに後ろめたさを感じているのだ。

けれど、それも限界だった。すでに輸精管を精子の濁流が移動し、尿道に入り込もうとしている。弾込めの役割を終えた睾丸が、強力な肉ポンプとなって伸縮し、いつでもトリガーの引ける状態にあった。

「いいわ。射精《だ》して……。玲奈のお口にいっぱい注いでください！」

淫情煌めく瞳で美熟女は許しを与えてくれる。亀頭部を咥えたままの紅唇の端に艶治な微笑が浮かんでいた。

「玲奈さん！　ぐおおぉ、玲奈さん！　イクっ。あぁっ、イクっ！」

ぎゅっとシーツを掌の中に巻き込み、腰をびくんと浮き上がらせる。

牡精汁が細い射精道を駆け上がる快感。男根に溜まった熱までが狂ったように出口を求めついに暴発した。

ビュビュッ、ビュビュビュビュビュッ――卑猥に肉幹を痙攣させて、射精口から多量の白い濁液を吐き出した。

頭の中が真っ白になる強烈な快感。視界がぼやけ、鼓膜が自らの心臓音に支配される。呼吸が止まり、背筋が軽度の痙攣を起こしていた。

「んぐっ！　ぬふぅ、んんんんんっ……！」

快感で煮詰められた子胤《こだね》が、凄まじい勢いで美熟女の喉奥を射ったのだろう。濃厚な胤汁に気管を塞がれた玲奈は、噎《む》せるように切っ先を吐き出した。

ドプッ、ドピュッ――なおも射精痙攣を起こしている筒先は、美熟女の胸元や白いデコルテに二弾、三弾をぶつけていく。

精子の飛沫《しぶき》を顔にまでへばりつけた玲奈が、高揚感を孕ませた微笑を嫣然と浮かべている。颯太の四肢がゾクゾクと粟立つほど凄絶な美が玲奈を輝かせる。

（こんな射精はじめてだ……。腰が蕩けてしまいそう……）

衝撃的なまでの喜悦に、陶然としたまま呆けている。

美熟女の漆黒の双眸がエロティックな光を湛え、颯太の股間に張り付いている。

「ああ、素敵っ。こんなに沢山、射精《だ》したのに、まだおち×ちん、こんなに硬い……。精液、射精《だ》し足りないのですね……」

こんなにも満ち足りた吐精をしたはずなのに、颯太の性欲は全く衰えていない。それどころか狂おしいまでの獣欲が全身に渦巻いているように感じられる。

「足りません。一度射《だ》したくらいでは……。だって、こんなに魅力的な玲奈さんがいるのですから……。したいです。早く玲奈さんとセックスしたい！」

ここの温泉にはおんなを美しくする効果があると同時に、男性の精力を増進する効き目があると紗彩から聞かされていた。あながちそれはウソではないらしい。

いつも以上に颯太は精力を漲らせ、下腹部に収まりがつかないことが、その証しだろう。理性のタガが外れ、淫欲に渇いた獣が、牝の肉を欲して絶え間なく涎を湧出させる。

「ああ、颯太さんの凄い目。欲望に血走ったいやらしい獣の目よ……。ああ、けれど、そんな目で私を見てくれる颯太さんだからお願いしたいの……。どうか、私の膣中《なか》にこの逞しいおち×ちんをください！」

8

唇の端に滴る颯太の残滓もそのままに玲奈がゆっくりと立ち上がる。その場に仁王立ちして薄布がへばりつく自らの腰部へと手指を運んだ。

「れ、玲奈さん……」

ごくりと颯太は生唾を呑みながら、美熟女の淫らな振る舞いを視姦する。

「せめて、もう少しセクシーなパンツを穿いていたらよかったのに……」

つぶやくように息を吐きながらベージュの下着を摑まえ、下腹部から剝き取っていく。

一気に膝までずり下げると、片足ずつ持ち上げて美脚を抜き取った。

まだ日差しの残る昼下がり。カーテンを閉ざしていても十分に部屋は明るい。

美熟女の秘部も白日の下、露わとなった。

颯太はセミダブルのベッドに腰かけたまま前屈みに体を折り、玲奈の下腹部にかぶりつきになる。

「ああん。颯太さんの視線、突き刺さるようで痛いです。おち×ちん、お腹に付いちゃうくらいに勃起させて……。すぐにも犯されてしまいそう……！」

「こんなにエロい下半身を見せつけられて、理性を保てる男なんていませんよ」

「見せつけてなんかいません。颯太さんが、かぶりつきで……」

颯太の熱視線に羞恥が湧いたのか玲奈が細腰をくねらせる。

揺れる下腹部の中央に、ひっそりと茂る恥毛。こんもりとした恥丘をやわらかく飾る漆黒の陰りは、一本一本が繊細で、けれど密に茂っているため全体に濃い。毛先に光る滴《しずく》は、たっぷりと潤っている証しだ。

「陰毛がきらきらしてる……」

覗き込んだ颯太は、その声をうわずらせた。

「お願いですから、じっとして……。俺に玲奈さんのおま×こを見せて……」

見たいという願望が颯太のシャイを蹴散らして、美熟女に懇願させた。

「あぁ、お願いされるなら仕方がありません。承知しました。玲奈のあそこ……おま×こをご覧になってください……」

言いながら美熟女は腰の揺れを止め、美脚を肩の幅と同じくらいに広げてくれた。お陰で、ついに秘貝の全容が覗けた。

十分に成熟していると思われていた紗彩でさえ、まだ熟れる途中にあったと教えてくれる玲奈の造形。内腿の肌は青白いまでに白いのに、女陰周囲は楕円形《だえんけい》の桃色だ。唇によく似た淫裂は、さらに赤みを増している。けれど、赤黒いというより濃いピンクで、決してくたびれた色合いではない。熟女の道具でありながら、まるで使い込まれた様子がなく、むしろ新鮮な印象だ。

細かい皺《しわ》が走る女唇はぽってりと膨らみ、二枚の鶏冠《とさか》が縦割れをやや肉厚に飾っている。左右が美しい対称をなしているから上品に映るのだ。

さらに、その下に僅かに黒ずんだ蟻《あり》の門渡《とわた》りが続き、キュンと赤みの強い菊座まで目に飛び込んだ。

「ああ、やっぱり恥ずかしい……」

か細く羞恥を漏らしながらも、玲奈の両手が自らの股間に伸びた。

双の中指を肉ビラにあて、左右にぐっとくつろげてくれる。引き攣れて口を開いた縦割れが、ピンクの濡れ肉を覗かせた。

膣肉の中心に、歪んだ円形の蜜口が見える。奥の複雑な形状までが丸見えだった。

「な、なんてエロい眺め……。でも、玲奈さんのおま×こ、綺麗です！」

ピンクの裂け目が広がるにつれ、女陰上部の涙形の肉の盛りあがりも目に飛びこんでくる。

小豆《あずき》大の肉の尖り、クリトリスが姿を見せている。やはり玲奈も興奮しているのだろう。小さな恥豆が、その顔を恥ずかしげに覗かせていた。

「次に颯太さんが射精《だ》すのは……ココですよ。ココに……たっぷりと注いで欲しいのです……」

美熟女の満開状態の淫華に、颯太は瞬きも忘れて見入っている。

「ああ、熱い視線がおま×こに染みます……。なのに、私いやらしいですね。颯太さんの痛いほどの視線がむしろ心地いい……。おま×こを覗かれて子宮がキュンって疼いています……」

清楚な美貌のその裏側に秘められていた若女将の魔性。恥辱《ちじょく》に苛《さいな》まれながら漏れ出る淫蜜の量を一気に増加させマゾヒスティックな煌めきを放っている。

これまでに玲奈がその気質をどの程度、男の前に晒してきたのかは判らないが、妖しくも淫らな本性を颯太の前に晒していることは確かだ。

「こんなところ、自分から見せつけちゃいけないのに……。でも……いやらしい気持ちが止まらないのです。もっとじっくり見て欲しいって思ってしまうの……っ」

口走るそのセリフもマゾっ気に溢れ、煮えたぎる淫欲に飲み込まれている。玲奈には、もはや恥も理性もなくなっているのだろう。

「ね、ねえ。颯太さん。もしもだけれど……。あん、やっぱりやめておきます。こんな淫らすぎる提案ってなんです？　言いかけたこと途中でやめないでください！」

「淫らすぎる提案……。忘れてください……」

「そうですよね……。だったら言ってしまいます。も、もしも……その颯太さんさえよければ……私のおま×こを舐めてみませんか？」

思い切って口にした玲奈の大胆な提案を颯太はどう受け止めるべきか。恐らくは、片手が不自由でもどかしい想いをしている颯太を慮《おもんばか》り、口淫を許してくれたのだろう。けれど、あまりに淫靡《いんび》な提案に、少なからず驚いた。

「な、舐めるって、玲奈さんのおま×こを舐めてもいいってことですか？　クンニさせてくれるのですよね？」

勢い込む颯太に、玲奈がさらに美貌を赤くさせた。

「やぁん……。恥ずかしいのですから確認しないでください……。そ、そうです。おま×こ舐めて欲しいのです……。本当は、そんな愛撫なんて必要ないくらい濡らしていますし、きっと私、恥をかいてしまうと思います……。それでも、颯太さんが舐めたいのであれば……」

「な、舐めたいです！　玲奈さんのおま×こ！　たっぷりとナメナメして玲奈さんをイカせたい！　そうだ！　どうせ舐めさせてもらえるのなら、俺の顔の上に跨ってください。顔の上に座り込んでしまって構いませんから……！」

言いながら颯太は、そそくさとベッドの中央に体を運び、仰向けに横たえた。

「颯太さんの顔の上にだなんて、そんな淫らすぎることを……」

逡巡する様子を見せながらも結局、美熟女はその身をベッドの上に載せ、颯太の顔の上でまるでおまるを跨ぐようにして屈みこんだ。

「早くお願いします。もっと俺の顔の近くに、玲奈さんのおま×こを早く！」

濡れた秘所を颯太は熱心に視姦する。

月下美人を彷彿とさせる妖艶な匂いを撒《ま》き散らし、淫壺の粘膜が、ぬぽぉっと口を開けている。

(すごく濡れてるっ。玲奈さんのおま×こ、ぐしょぐしょヌルヌルだ……！)

尋常ではない濡れようだった。ぬかるんだ割れ目はもちろんのこと、その周りまで蕩けてしまっているかのようだ。

「あなただけのために、たっぷり濡らして待っているのよ……」

淫唇がそう告げているようにヒクついている。

羞恥に赤らめた美貌は、決して颯太と目を合わせぬようにと横に背《そむ》けられている。

「あぁ、恥ずかしい。匂ったりしていませんか？　臭いと萎えてしまいますね」

そっぽを向いたまま美貌が、自嘲気味につぶやく。おそらく玲奈自身にまで匂いが漂い、羞恥を極めているのだろう。

「玲奈さんのおま×こが嫌な臭いのわけありません。萎《な》えたりなんてしませんよ。ほら、こんなに顔を近づけたって平気です」

「あはぁぁあっ、待ってください……。あっはぁぁ～んんっ!!」

颯太は、亀のように首を持ち上げ若女将の恥裂に迷わずディープキスを仕掛けた。玲奈はセクシーに腰を捩らせて身悶えている。雄の本能がそうさせたのか、聡太自身にも判らない。

とにかく神秘的な蜜味と、淫靡な匂いによって昂ぶりは勢いを増した。

「はうん！　あぁっ、ダメです。そんないきなり……あっ、ああん！」

瞳を細め、舌を巧妙に操る。割れた柘榴《ざくろ》を舐めるように、ヌルッヌルッと小陰唇と大陰唇の狭間をなぞっていく。いやいやと恥じらいながらも、美熟女は艶尻を揺すりたくる。

「あ、あんっ……待ってください……私、おかしくなってしまいます……」

ムチッと張り艶のある太ももに愛液が伝うのを追い、颯太は腿肉にもキスをしていく。

「おいしい！　おいしいですよ、玲奈さんの淫蜜！」

またすぐに、女陰へ舞い戻ると、ぐいっと舌を伸ばし、二枚の花びらを舐《ねぶ》り、隘路への扉を容易く切り開いた。ざらついた舌の感触に、股間が艶めかしくひくつく。

「あうっ、ダメっ、ダメですっ……ああんっ……くふうっ……あ、あぁ……。ただでさえ恥ずかしいのに、そんなに美味しそうに舐めないでくださいぃっ！」

舌先で敏感な部分をくすぐりながら蜜を掬う颯太。美熟女の太ももがびくびくんと派手な反応を見せるのが愉しい。

「ふぅー、ふぅー……むぐぅうっ！」

女陰を食《は》んだまま自由の利く左手をクリトリスに伸ばし、小さな頭を撫でるようにあやしてやる。たまらず艶腰が蠢いた。

「すごいです玲奈さんっ。どんどん汁っ気が増してきます！」

はじめはさらさらしていた蜜液が、粘度を増してハチミツの如くトロリと滴り落ちてくる。

「んふっ、んっ、あ、はぁっ」

舌を丸めさらに牝孔《めすあな》をくつろげ、中から滴る女蜜を舐め啜る。

「ああんっ、あっ、あはん！　そんなに舐めないでください。ああんっ、もう膝に力が入りません……うぅ」

ピチャピチャと奏《かな》でられる恥ずかしい水音に、艶声が妖しく掠《かす》れる。啜り啼いていながらも、肉の悦びは止まらない。次から次へと押し寄せる悦楽が、急速に女体から力を奪っていくらしい。跨っていることさえ辛くなった玲奈は、ついに颯太の顔の上にその美尻をペタンと落とした。

（お尻を押し付けられて顔が逃げられない。く、苦しい……）

べったりと口腔を塞ぐ女陰から顔を震わせ、ふごふごと呼吸する。

「ダメなのに。こんなことといけないのに……。颯太さんの顔の上に座り込んでしまうなんて……。ああん、ダメぇ……感じるの。感じちゃううぅぅっ！」

なおも顔を左右に蠢かし、肉に埋もれた鼻先だけを救出して辛うじて呼吸を確保すると、舌を硬く窄めて、さらに熟花園を弄る。

「はぁあん、な、ナカに……！」

しばらく厚い舌先を膣前庭に彷徨《さまよ》わせた後、玲奈の膣洞に埋め込んだ。

「あぁん、私、膣中《なか》を舐められています……。あはぁっ、長い舌に膣中《なか》をほじられていますぅぅ……っ！」

カッカッと媚肉を炙《あぶ》られ、飽くなき掻痒感《そうようかん》に襲われているのだ。媚熟女の真っ白な肌から汗が噴きだしている。

「あっ……くぅ……！　はぁ、ぁ……っ」

女体が硬直しつつ震えている。もっちりした乳肌にも一気に汗が噴き出ていた。

「あふっ、き、気持ちいい……。ああ、こんなにお露が溢れちゃって……。申し訳ありません。颯太さんのお顔を汚してしまって。でも、止められないのです……」

(感じてくれている証拠さ。俺も嬉しいよ……！)

目で応えると、驚いたことにそれが玲奈に通じたらしい。若女将の仕事柄、目を見ただけで相手の意志を読み取れるのかもしれない。

「う、うれしいのは私の方です……。こんなに丁寧に舐めてもらえて……。あぁん、舌で穴をこじ開けないでください。お汁がもっと漏れちゃいます。ああ、でも……。もっと、してください……。おま×こが疼いて、たまりません……」

舌肉に穿《うが》たれた膣穴がゾワゾワと蠢く。だがどんなに懸命に伸ばしても、所詮は舌。美熟女の官能を追い詰めるには、長さも太さも足りないはずだ。

事実、玲奈は腰をあげ、ねだり声をあげた。

「ああ、もっとぉ……。もっと奥まで欲しい……。おま×この奥がムズムズしてたまりません……。お願いです、颯太さん。……何とかしてください……」

無意識に発しているのだろう。恥語を口にするのも厭《いと》わないのはそのためだ。

(何とかって、どうする……？　そうだクリトリスを！)

咄嗟《とっさ》に思い当たったのは、最もおんならしい器官。官能を貪るためだけに付いた牝豆に颯太は懸命に左手を伸ばし、指先を重ねた。

陰核包皮を恥ずかしげに被った可憐なそれは、ルビーのように充血してその感度を高めている。躊躇なく颯太は、軽く指先を押し付けた。

「ひぃぃんっ！　ダメぇっ、そ、そこはダメなのっ！」

瞬間、裸体を跳ね上げ、玲奈が叫んだ。

ここぞとばかりに颯太は、再び口腔をべったりと淫裂にあてがい、肺いっぱいにぢゅるぢゅると吸い付ける。

「あっ、あっ、あっ、吸っちゃダメっ。そんなに激しく吸っちゃいやぁ……。あ、あ、またお腹の中、舐められている。あはぁ、気持ちいいっ！」

最早、丁寧語を操る余裕もなく、素のままの玲奈が晒される。

「つくふぅんっ。あひぃんっ。ああっ、おま×ことってもいいっ。くふっ、んはぁ、おサネも痺れて、あああぁ、は、弾けそう……っ」

自らも艶腰をクイックイッと蠢《うごめ》かせるのは、さらなる官能を求めてのものか。それに合わせるように颯太の指先の動きも荒くなる。肉豆を強く押圧し、そのままこね回してやる。

「あ、ああっ！　あひっ、ひあああぁっ！」

ひときわ大きな嬌声が響き渡った。

「うぐっ。んんっ、んふっ」

悩ましい息遣いがいっそう切羽詰まり、背筋をぶるぶると震わせている。同時に、膣内から生臭い本気汁がどっと溢れ、跨る颯太の顔をベトベトにした。

「うぶぶぶっ……！　イキそうなのですね？　ほら、ほら、ほら、クリトリス気持ちいいでしょう？　構いませんからこのまま……俺の舌でイッてください……っ！」

首を亀のように伸ばし股間にべったりかぶりつき、今度は舌先で牝芯を舐め転がす。すると、ピンクの肉芽はついに包皮から顔を出し、舌先で弾かれるたび右に左に跳ねまわった。

バチバチと若女将の脳内には火花が飛び散っているはず。ビクッ、ビクッ、と柔肌を反応させているのが、その証し。

「いやぁんっ……。やっぱり恥ずかし過ぎです……。颯太さんのお口で恥をかいてしまうなんて……」

あられもなく身悶える玲奈の肉芽を唇で甘噛みしてから、舌先でトントンと突いてやる。あまりの刺激に腰を捩ろうとしたのだろう。かえってそれがクリトリスを引き伸ばされることになり、さらに凄まじい快楽に女体を震わせた。

「ふひっ！　あぁダメっ！　もう舐めないでください……。あぁ、指でほじるのもいやぁ……！」

空いた左手の中指と薬指をぱっくりと口を開けた女陰に挿入させた。

鉤《かぎ》状に折り曲げた指で恥丘の裏を擦りたて、膣肉を甘い悦媚に痺れさせていく。

中から押しあげた淫核がさらに勃起し、鋭い快感が女体を淫らに躍らせている。

「そ、颯太さん。玲奈はもう、恥をかきますっ。ほ、本当にイッてもいいですか？ああっ、軽蔑しないでくださいね……」

古風な物言いでわななく美熟女に、颯太は努めてやさしく声を掛けた。

「ああ、もちろんですよ。ほら、我慢せずに……。軽蔑したりしませんから……。俺に玲奈さんのイキ様を見せてください！」

促してから間髪入れずに再び肉豆を強く吸い、膣穴も激しく搔きまわす。

震えあがるほどの高揚感に満たされながら、美熟女を絶頂へと追い込むのだ。

ついに美麗な女体がぐいんと跳ねた。玲奈がひときわ大きな嬌声を颯太への詫《わ》び言《ごと》と共にあげる。

「あぁんっ、ごめんなさいっ。玲奈、イッちゃいますっ。あはっ……。あぁっ、おま×こイクっ、恥をかくぅ。颯太さんっ。玲奈だけがイクのをどうか許して……っ。ああぁ、颯太さんの指と舌でおま×こが……ああっ、イクぅぅ～～……っ！」

官能の高みへと昇った肢体が硬直し、ブルブルと痙攣する。甘く強烈な快感が全身に満ち、鳥肌と脂汗を止められずにいる。

ついに兆した美熟女に、颯太は溢れ出す蜜汁を残らず呑み干そうと、再び恥裂に唇を押し当てた。

「ああッ、イクっ、ダメなのにっ、イク、イクぅ～～っ！」

美麗な女体がビクビクビクンと派手に震え、凄絶にイキ乱れる。なおも颯太は玲奈の恥蜜をここぞとばかりに強引に吸った。

ぢゅぶちゅっ、ずびずぶちゅちゅ～っと、淫らな水音とともに、のど奥に届く濃潮の飛沫。颯太は少し咽《む》せながらも、その場を離れようとしない。

悶えまくる若女将は、強張《こわば》らせた頬を天に晒し、背筋をギュンとエビ反らせ、美しい弓を引いた。連続する巨大な絶頂の波に呑み込まれ、昇天したのだ。

美しい肉のあちこちを艶やかにひくつかせ、凄まじいイキ様を晒す玲奈。颯太は、美熟女を絶頂に導いた満足に酔いつつ、焦燥に駆られるほど肉棒を勃起させていることに気づいた。

9

「私、本当に恥をかいてしまったのですね。なんてはしたないの……。でも、久しぶりのこの感覚、とっても気持ちよかった……。ああ、ダメ。頭の中が真っ白で、もう何も考えられません……」

過ぎ去る絶頂の甘美な余韻を味わう若女将。恍惚の吐息を漏らしながら、ベッドにイキきった女体を突っ伏している。

「……玲奈さん。気持ちよかったですか？　綺麗なイキ貌でした。見せてくれてありがとう」

「はぁ、はぁ、はぁぁぁ……。あ、そ、颯太、さん……」

そこに颯太がいることも忘れていたかのようで、焦点を合わせていなかった黒い瞳がようやくハッと見開かれた。それほど甘い愉悦に熔《と》かされていたのだ。

覗き込む颯太の顔に、そして、その股間の大きな膨らみに玲奈の視線が絡みつく。

「ああ、颯太さん……。またおち×ちんを苦しそうなくらいに勃起させているのですね……。玲奈が淫らな姿を晒したから……？　そうですよね。男の人がこれで済むわけありませんよね……」

美熟女が夢遊病者のようにゆらりと女体を起こすと、颯太の前に跪いた。

そのままスッと股間に手を伸ばしてくる。

「うわっ、な、なにを……っ？」

「颯太さん。ごめんなさい。またこんなに興奮させてしまって辛かったですよね……。全ては私の淫らさが招いたことですから……。だから、私に任せてください。これは……お詫びのようなものですから……」

目を白黒させている颯太の肩を玲奈がやさしく突いてくる。

「それに、こんなおち×ちんを見せつけられて、我慢できなくなりました……っ」

仰向けになった颯太を美熟女が再び跨いできた。今度は顔ではなく腰を、下腹部を跨ぐ格好だ。その意味を察し、颯太の分身が期待に嘶いた。

「もうっ！　颯太さんってば、エッチすぎです……!!」

玲奈が上に載るということは、反り返った肉竿に女陰を沈みこませるようにして交わるということだ。

しかも、美熟女の方から腰を振り、官能を湧き立たせてくれることになる。

それがおんなにとってどれほど恥ずかしいことか。それをあえて若女将が選択したのは、颯太にならどんな痴態も曝《さら》すことができると思ったからに違いない。

何よりも、玲奈自身が颯太とひとつになりたいと欲してくれたからなのだ。

「あうぅっ！　れ、玲奈さん……」

颯太の肉棒に美熟女の右手が添えられ、愛液に濡れる女陰に擦られる。羞恥を誤魔化そうとする行為らしいが、ぬめった女肉の感触が切っ先を心地よく潤わせた。

「ぬああっ」

顔をくしゃくしゃにして官能の声を漏らす颯太に、艶冶な笑みが注がれる。玲奈が右手で肉棒をそっと握り、腰を少し浮かせて淫裂に押し当てた。

熱い肉棒の感触が、美熟女の発情を煽るらしい。その美貌が妖艶に上気している。

「はあぁぁぁっ！」

こうして玲奈は、男に跨がる経験を何度も重ねてきたのであろうか。慣れた動きのようにも思える。

だが、颯太はいずれ知ることになる。若女将がバツイチであり、こうして男性と肌を交わすのも三年のブランクがあることを。この時、玲奈が、実はかなり緊張しながら勃起を迎え入れようとしていたことを。

「あんまり見ないでください。恥ずかしいのですから……」

美熟女が本気で羞《は》じらってるのは間違いなかった。なのに、玲奈は必要以上に股を開き、若牡が最も目にしたい場面を見せてくれるのだ。

（おおっ！　玲奈さんのま×こ、丸見えだっ。ひくひくしてエロすぎる……！）

黒々とした逆デルタ型のヘアも、ピンクの濡れ肉貝も、物欲しげに蠢く小さな孔《あな》も、その全てが卑猥だった。見ているだけで射精できそうなほど淫靡な光景だ。

「挿《い》れますね……あぁ……本当はダメなのですよ……こんなこと、いけないことですから……なのに……あっ、あっ……ん……んんッ……くっ、ふぁっ、はぁ……！」

鈴口が蜜壺の狭い入り口に嵌まると、艶腰がゆっくりと沈み込む。猛《たけ》る男根が、女体の奥に呑み込まれていく。

「ぐはあああっ！」

颯太は首を仰《の》け反《ぞ》らせ、両手でシーツを摑んだ。肉棒にぐっと圧力がかかると、湿った音とともに、まずは亀頭部が若女将の牝壺に収められた。

その遅い動きは焦《じ》れったくもあったが、その分、おんなの粘膜をじっくり味わえた。

玲奈の熟壺は想像よりも遥かに熱く、狭く、きつく、そして淫靡さに富んでいた。

(挿入《はい》る……いや、呑まれていくのか……？　俺のち×ぽがどんどん、玲奈さんのおま×この中に……！)

広がった亀頭のエラ部が潜ると、あとは比較的早かった。熟女なればこその柔軟さと経験の賜物だろう。

だからと言って玲奈の膣孔が緩いわけではない。むしろ、紗彩よりも狭い印象だ。しかも、膣のお腹側の肉壁がボコボコしていて、ざらついた感触が強い刺激を与えてくれるのだ。

「ぐはあああああぁぁぁっ……！」

しこたまに肉エラを擦られて唸り声を上げる颯太。けれど、愉悦の声を漏らしたのは美熟女も一緒だった。

「はっ、はう……ああ、はっ、はおおお……っ……！」

ぐちゅんっ、と肉棹がぬかるんだ蜜壺に嵌まり、徐々に呑み込まれていくにつれ、紅唇は扇情的にわななき喜悦の声を漏らしている。

「あっ、ひっ……んんんんんんっ！」

すっかり淫肉が根元まで包み込むと、軟骨のような底に切っ先が当たる手応えを得た。同時に、M字型に脚を広げた若女将がひときわ大きな声を上げる。

「ああん、ダメぇ……。颯太さんの大きすぎです……。おち×ちんの先が、玲奈の子宮にあたって……あっ、ああん！」

頬を強張らせ、狼狽《ろうばい》の表情さえ見せている。かつて玲奈が経験したことのないくらい奥深くにまで颯太の分身が到達した証しかもしれない。

「ああ、凄いっ……。玲奈のこんなに奥まで挿入《はい》ってきた人は、はじめてです……。内側から拡げられている上に、奥の奥まで充《み》たされてしまって……。それに、ああ、おち×ちんって、こんなに熱いものだったかしら……」

「玲奈さんのおま×こも、相当に凄いです……。俺のち×ぽの隅々《すみずみ》まで粘膜が張り付いているような感触です……。うおっ、それに肉襞がうねっています！」

紛れもなく名器と評価していい媚壺。挿入がはじまった瞬間からショッキングなままでの愉悦に晒され、思わず樹液をちびりそうになったほどだ。実際、パイ擦りで一度射精《だ》していなければ、間違いなく漏らしていたであろう。

「ああ、また締め付けた！　すごい締めつけです。こんなにいいおま×こだなんて、たまりません」

「ああっ、私も……恥ずかしいのに、気持ちがよくて。こんな気分になるなんて、いまでも信じられません。あぁぁぁ」

「玲奈さん、顔を上げて、鏡に映る自分の姿を見てください。そして、玲奈さんがどれだけいやらしい顔をしているのか、確認してください」

ドレッサーの鏡を指さす颯太に促され、俯いていた若女将が恐る恐る顔を上げる。

「ああっ……」

そこにはふしだらにも男の上に跨り、大きくM字に脚を開いた熟女がいた。

さらに鏡は、勃起を深々と呑み込んだ女性器までも、はっきりと映し出していた。

「これが私？　こんな破廉恥な……。いいえ、これが私の真の姿なのですね」

羞恥も、秘めたおんなの欲望も、洗いざらいに映し出されて、美熟女のタガが外れたらしい。

「とっても卑猥で、エロい姿だけど、本当に玲奈さん綺麗です。アダルトビデオでも玲奈さんほどエロ美しい女優は見られません」

羞恥に身悶えする美熟女に、本気で颯太は惚れていた。その美貌、豊麗な女体、そしてその見た目にばかりではなく、清廉であり、穏やかで、慈悲深く、そして情け深いその精神性にも。

そんな玲奈への熱い想いが激しい性欲となって膨れ上がっているから、こうして浸っけているだけでも、官能の閃光が絶え間なく背筋を走り抜ける。昂ぶった颯太は、思いきって軽く腰を動かしてみた。

「はうぅぅっ！　ああ、ダメです。動くの、ダメぇっ！　私が、玲奈が動きます、からぁ……ふっ、うっ、うっ、ううふぅん！」

美熟女は颯太を制すると、自ら小刻みに腰を揺らしはじめた。右手を颯太の胸に置いてカラダを支え、あえて蜜壺で肉棒を擦るように蠢かせている。その悩ましい腰つきは、ビジュアル的にも若牡《わかおす》の興奮を誘ってやまない。

「おううっ！　いいですよ玲奈さん。淫らな腰の動きがすっごくやらしくて、最高に気持ちがいい……っ！」

時折、女体をビクンと震わせては、「ううっ」と甘い吐息を漏らす。しこり切ったクリトリスを颯太の股間の性毛に擦りつけ、快感に全身をざわめかせているのだ。

「んうぅぅっ……わ、私もです……あはぁっ、玲奈も感じちゃうぅぅっ……た、たまりませんっ！」

少しずつ腰の動きを速くして、快感を急カーブに上昇させていく。颯太の悦楽を追うばかりではなく、自らも愉悦を貪るように玲奈は腰をくねらせ、颯太の肉棒を恥所で擦り立てている。

クチョクチョと淫猥な音が響く。時折、飛沫のように愛液が噴きだしては、颯太のお腹に飛び散った。

「ああ、いいっ！　颯太さんのおち×ちんに擦りつけるの気持ちよすぎます……。このままでは、玲奈、颯太さんのおち×ちんに溺れてしまいそう……。あん、あん、あぁぁぁ～～っ」

次々と痴態を晒す美熟女に、颯太は興奮を煽られ通しだ。少しでも油断すると、すぐに暴発しかねない危険を孕んでいる。それでも颯太は、懸命に自らを励まし、菊座を硬く締めて湧き起ろうとする射精衝動をやり過ごしていく。

「溺れてください。俺のち×ぽ中毒になってくれて構いません。玲奈さんが、気持ちいいところに、好きなだけ擦りつけてください」

「気持ちのいいところ……。ああ、玲奈のいいところは……」

促された美熟女は、若牡にその美麗な上半身をまとわりつかせると、艶腰だけを浮かせるように持ち上げ、小刻みなピストンで浅瀬を擦りつけてくる。

肉柱のカリ首に擦りつけ、自らのＧスポットを刺激しているのだ。細かい凹凸のある襞のスポットは、玲奈の性感帯のひとつなのだろう。

「あああああぁぁぁぁ‼　あぁぁぁぁん……あぁぁぁっ！　はぁぁぁぁ……」

　膣肉に生じた衝撃は、壊れかけていた玲奈の理性をさらに揺さぶり粉々に打ち砕く。

颯太の至近距離でその双眸《そうぼう》をトロトロに蕩けさせ、夢遊病者の如く腰を小刻みに動かしている。

「あぁっ、素敵です。颯太さんのおち×ちん……カラダが蕩けてしまいますっ」

　女体が派手にガクガク痙攣したかと思うと、ぶるぶるぶるっと腰部が震えた。

　軽く絶頂の波に呑み込まれたらしく、颯太の肩を両手で摑まえて、懸命にやり過ごしている。

「はうっ……あはぁ……あっ、あぁん、ダメですっ、感じ過ぎてダメになってしまいそう」

　ハイトーンのよがり声が、ついには掠れかける。のたうつ蜜腰にも限界が見えた。

　やがて、そのはしたない腰つきが大きく、深く、そして速くなった。

「颯太さん……あんっ、颯太さんっ！」

　いかにも愛おしげに美熟女の紅唇が、颯太の唇に押し当てられる。恋心と情欲によって女体が蝕《むしば》まれ、子宮が若々しい精液を求めている。玲奈が蜜壺を大きく躍動させるのは、身も心も墜《お》ちた証拠なのだ。

「はああっ。お、お願いです。颯太さん。お情けを……玲奈の膣中《なか》に注いで頂けますか？　あぁ、玲奈を孕ませてくださぃぃぃぃ〜〜っ！」

理性のタガが外れ、発情を露わに、艶腰を淫らに上下させる若女将。精子が満杯に溢れそうな大きな睾丸に、むちゅんむちゅんと蜜濡れの股座が押し付けられる。

淫らな粘膜に濡れた陰茎がひり出されるたび、カリ首に溜まった牝蜜が泡となって飛び散る。卑猥な蜜が弾け、性の咬合を示す濃密な匂いが寝室中に充満した。

（この牝孔は俺のモノだ！　この美しい淫女をどこまでも絶頂させたい！　どこまでも堕《お》としたい……！）

興奮によって跳ねた肉竿に、玲奈がぐいんと女体を反らして仰け反る。まるで颯太に見せつけるように豊かな乳房がぶるりと震え、ぽたぽたと熱い汗の雨を降らせる。急速に濃くなる牝フェロモンに、颯太の怒張は痛いくらいに漲《みなぎ》っていた。

それでも玲奈の蜜壺は、不思議なくらい颯太の勃起したものにフィットする。粘膜同士がぴっちりと密着して、どう動いても動かされても心地いい。

「おお……玲奈さんのおま×こ……俺のち×ぽの形に拡がっていますね……」

首を持ち上げ、緊結する牡牝を仰ぎ見る。

「あっあっあっ……！　そんな……恥ずかしい……。玲奈のおま×こが……颯太さんのおち×ちんの容《かたち》をすっかり覚え込んでしまったから……」

美熟女の牝壺が、愛おしい巨根の容《かたち》を覚えている。颯太の分身以外では絶対に満足できなくなっていく。互いにそんな気がしていた。

「玲奈さんのおま×こは……俺専用です……。俺以外のモノでは、イケなくしてあげますね……。もう玲奈さんは俺のものだ……！」

「ああっ……！　感じます……。玲奈は颯太さんのもの……。すっかり颯太さんのおち×ぽ中毒です……！　ああ……颯太さんじゃないと感じなくなっちゃうっ！」

繋がった部分から、グチュグチュと湿った卑猥な音が響く。粘膜同士が擦れ合い、媚肉が巨根をパックリと咥え込んで離さない。

玲奈の腰の蠢きに合わせ颯太も腰を上下させている。

互いの腰つきが大きなピストンを生み出し、蜜孔をしこたまに掻き回していく。カリ首が抜け落ちる寸前にまで引き抜き、子宮口にめり込むほどの深い抽送《ちゅうそう》へと変化させる。

「あんっ、熱いわ……。玲奈のおま×こ、火照ってしまって……あぁ、カラダ中に火が着いてしまったみたい……ああっ、あぁぁ～～んっ！」

感じている美熟女が可愛くて仕方がなく、颯太は長いストロークを下から繰り出す。

玲奈は、その腰つきを止め、ただひたすら抜き挿しされるのを受け止めている。

「これからもっと熱いものを注いであげます。俺の愛の籠った火傷《やけど》するほど熱い精液を……。お望み通り玲奈さんの淫らなおま×こにたっぷり注いであげますね！」

「あ、あああぁん！　うれしい……。欲しいの……淫らと言われても……後ろ指差されても構いません……。玲奈は、颯太さんの子胤が……。ください、玲奈の膣中《なか》に……。おま×こにいっぱい注いでください～～っ！」

颯太は背筋をブリッジさせて、一層激しく突き上げた。美熟女の体重をものともせず、その美脚が跳ね上がるほど高く突き上げては、重力に任せて腰を落とす。

「んんっ、颯太さん。深い、あぁっ、深いの……っ！」

神輿《みこし》のように女体が上下するほどの重々しいストローク。切っ先で子宮をコツコツ叩いては、おんなの喉を愉悦の牝啼きで震わせる。牡牝が激しく打ち付け合う衝撃に、ベッドがギシギシと大きく軋んだ。

「射精《だ》しますよ。多量の胤汁で玲奈さんの子宮を溺れさせますからね……。淫らなエロま×こで、しっかり俺のち×ぽミルクを搾ってくださいっ！」

「は、はいっ。颯太さんのち×ぽミルク搾り取ります。早く、あぁ早くぅ～っ！」

牝の遠吠えに、励起した腰がぶるぶると慄《おのの》いて、精嚢が堅く凝固していくのを自覚した。

「射精《だ》すよ！　玲奈さん、おま×こイキませて……牝の啼き声をあげて！　俺の子胤を子宮で浴びろ……お、おおっ……射精《で》るううううぅぅぅっ！」

玲奈の両腕がひしと颯太の首筋に絡みつき、きつく抱きしめてくれた。媚巨乳が胸板に擦り付けられ、込み上げる射精衝動がさらに煽られる。

「あぁっ、玲奈もイキますっ。ああっ!!　イクぅっ！　イッくぅううぅ～～っ！」

颯太は顔を強張らせ、きつく口元を結んだ。喉元をぶるぶると震わせた後、頤《おとがい》で天を衝《つ》き、ぐんっと腰を跳ね上げる。若女将の膣奥深く、鈴口を大きく開かせ子宮口にべったりとくっつけて吐精をはじめる。

「あぁん！　イっ、イクっ!!　はあああぁん、玲奈、イクぅうううううぅっ」

颯太の牡の咆哮《ほうこう》と玲奈の牝の嬌声が淫らに溶け合う。昇り詰めながらも玲奈が本能の赴くままに蜜壺を締め付ける。みっちりと嵌入《かんにゅう》させた牡幹から、煮えたぎる濁液を何度となく発射させている。

「ああ、凄く熱くて濃いのですね……。それにズンッて重たく打ち付ける……。射精《だ》されている……。颯太さんの精液、私のおま×こに射精《だ》されていますぅ……」

夥《おびただ》しい精液の噴射で膣襞一枚一枚をめくりあげ、圧倒的な濃さでおんなの子宮にずっしりと重みを加える。子宮を溺れさせると宣言した通りの濁流をおんなの揺籃《ゆりかご》に注ぎ込んだ充足感。

美しい若女将を孕ませた手応えに、颯太はなおもビクンビクンと大きく精嚢を収縮させる。新鮮な牡胤をドプッドプッと吐き出して、おんなの意識が、またも白い快楽の深淵へと押し流されていく。

「ああ、玲奈さん、物凄くエロくてきれいです……」

玉袋に残された最後の一滴まで放出して颯太は耳元で囁いた。

深い深い絶頂を極めた美熟女は、子宮の収縮にあわせて背筋を、びく、びくんっと未だ痙攣させている。

いつまでも怒涛《どとう》の絶頂から戻らずにいる玲奈の額に、颯太はそっと唇をあてた。

第三章　みだれ啼く兄嫁

1

「ああん、太くて硬いのが……。私の奥に当たっていますっ。コツン、コツンって頭にまで響くのっ！」

肉柱がトロトロにぬかるんだ肉畔《にくあぜ》を満たし、袋小路で軟骨状の奥壁とぶち当たり、コツンと震動を響かせる。反りあがった颯太の尖端が、肉路の臍《へそ》側にある子宮を持ちあげているのだ。

切っ先が行き止まりにぶつかるたび、漆黒の髪を左右に揺すらせ、苦悶にも似た表情で喘ぐ玲奈。その激烈なよがり貌《がお》を、脳裏にしっかり焼き付けていく。

容《かたち》のよい鼻は天を仰ぎ、紅潮させた頬が喜悦に強張っている。黒い瞳には涙さえ浮かべ、紅唇をわななかせてすすり啼いている。

すっかり日も暮れているというのに、颯太と玲奈は彼女の部屋にずっと籠り、互いを貪るように求めあっていた。

もう何度、精を放ったかも覚えていない。

もしかすると、もう佳純が戻っているかもしれない。玲奈は若女将の仕事をしなくてもいいのだろうか。

そんな考えが浮かんでは、欲望にかき消されていく。

（どうでもいいや……。玲奈さんとこうしていられるのなら……）

自堕落《じだらく》と非難されても仕方がないが、実際、そんな心境だった。けれど、投げやりなのとは違っている。玲奈と交わるほど彼女への愛情と愛着が増し、どんどん離れられなくなっていくような心境だ。

「あん……あ、あはぁ……。ごめんなさい颯太さんっ！　ふしだらな玲奈を許してください、また私イキそうですっ！」

淫靡に腰を振り、玲奈は悩ましく啼きまくる。たわわな乳房を卑猥に躍らせては、美貌をさらに紅潮させていく。潤み溶けた瞳は見開かれているが、どこにも焦点を合わせてはいないようだ。

イキまくる美熟女と一緒に、颯太も精液を放出する。すべてを出し尽くしたつもりでも、またすぐに玲奈が欲しくなってしまうのだろう。

「ごめんなさい……。俺、玲奈さんの裸を見ているだけでたまらなくなって……。またすぐに欲しくなってしまう……」

「いいのですよ。颯太さん。玲奈はもう颯太さんのおんななのですから……。颯太さんにだけは、玲奈は何をされても文句を言いません……」

その意味を探る颯太に、美熟女はにっこりと微笑みを返し、やがて颯太の後頭部に手を伸ばして、その頭を自らの胸元へと押し下げてくる。

今しがた性欲を吐き出したばかりの肉塊が、そればかりのことでムクムクと復活を遂《と》げていく。颯太は、反射的にその乳首を咥え、ぺろぺろと舐めはじめた。

「あ、あぁ……颯太さん……。あ、ぁん、はぁ……」

「玲奈さんのおっぱい、素敵だよ。すべすべつやつやで、ふんわり甘くて……容《かたち》だって、色艶だって……どこからどう見ても最高で！　何より、ほら、この感じやすさ……！　玲奈さんのおっぱい、やばすぎっ！」

大きく口を開け、頂きを吸いつけながら、やさしく歯を立てる。

豊麗な女体が、びくん、ぶるるるっと派手に反応してくれるのが愉しい。

「あ、イタっ！」

思わず声を出したのは、玲奈の乳房を鷲掴みしようとしたからだ。

「あん。大丈夫ですか？　颯太さんって、おっちょこちょいなのですね……。何度も同じことを……。夢中になってくれるのはうれしいけれど……」

心配そうにこちらの顔を覗き込む美熟女。その容《かたち》のいい唇をチュッと掠め取り、女体を両腕の中に包み込む。

「さすがにちょっと痛かった……」

手首のサポーターはしっかりとアルミプレートで固定する構造で、指を自由に動かせるようになっている。骨にひびが入った程度であれば、これで十分と勧められたものだが、あまり乳房に夢中になりすぎると、ケガそのものを忘れて、つい無茶をしてしまうのだ。

それでも今しがたの痛みは、ズキンと一瞬疼痛《とうつう》が走った程度で、それほどではない。要するに、それを口実にちょっとだけ玲奈に甘えたかっただけなのだ。

「ムリをしないでくださいね……。せっかく湯治に来て頂いて、悪化させて帰すのでは、私、若女将失格です」

「それじゃあムリにならないように……。俺、もう一度したいです。玲奈さんとまた繋がりたい……。っていうよりずっと繋がっていたい！」

足を投げ出してベッドに座り両手を広げる颯太。その求めに応じ、自発的に玲奈が颯太の太ももの上に跨ってくる。

右手を肉棒に回してキュッと摑み、位置を調整して肉槍を媚肉の入口に当てる。何度も玲奈の愛液に漬け込まれてきたから、亀頭部は十分以上に潤っている。美熟女の女陰も颯太の残滓でヌルヌルの状態にある。

互いの性器がぴたりとくっつき、体温を交換しあいながら、熱く口づけを交わす。舌と舌を絡め貪りあうように互いの口腔を出入りさせた後、玲奈の艶腰が一気に降ろされ、膣洞の最深部にまで颯太の分身を迎え入れてくれた。

「あぁぁん……。あはぁぁぁぁ。やっぱり、大きいぃ……颯太さんのおち×ちんが玲奈の奥まで、熱い……！　あぁ、この熱さにすっかり玲奈は中毒です……」

「熱さだけ？　中毒になったのは、それだけですか？」

「あん。太さも……。あぁ、この硬さにも……。玲奈のおま×こをすっかり作り変えてしまったこのおち×ちんに、玲奈は病《や》みつきです」

「俺もだよ。俺も玲奈さんのおま×こに病みつきになっています……。熱くて、ヌルヌル、ぐちょぐちょで……。しかも、物欲しげに俺のち×ぽにすがりついては、いやらしくしゃぶりついてくるのだもの。こんなエロま×こ、病みつきにならない方がおかしい！」

「あぁ、いや。言わないでください。あぁん……」

口ではそう言いながらも、玲奈の方から腰を蠢かしている。対面座位で結合し、颯太の肩に顎を載せて腰を淫らに揺するのだ。

男の背中に腕を回し、すがりついたまま腰を小さく揺すっている姿は、獲物を捉えて離さない牝カマキリのようだった。

「あぁ、はぁ……。本当は私、不安でした……颯太さんがこんなバツイチのおばさんに、おんなとして興味を持ってくれるかどうか……あっ、ああっ……」

玲奈がバツイチであることは、先ほども寝物語に聞いていた。

三年ほど前に元旦那が、彼女を置いて出て行ってしまったそうだ。しかも、出て行った元ダンの方が、実はここの旅館を継ぐべき長男で、玲奈は嫁にあたる。

それでもここを仕切る女将は、実の息子よりも玲奈に旅館を継いでほしいと望んでいるそうだ。

「ここを継ぐ条件は、誰の胤《たね》でもいいから子を宿し、跡継ぎを産むことだと……」

なるほど玲奈が若女将の仕事を放棄してまで、こうして颯太と睦み合う理由に、ようやく合点がいった。

「ありがたいお話ではあるけれど、迷いもあって……。正直、おんなとしての自信も失っていたんです。夫と別れる何年も前から夫婦関係はなくて……。けれど、もちろん、おんなであることを諦めたくなくて……」

「そんなこと！　玲奈さんに魅力がないわけありません！　現に、俺のち×ぽはずっと勃ちっぱなしだし……」

「この歳になると、おんなは考えてしまうものなのです……。だから、雷に怯えながらも私のおっぱいに颯太さんが反応してくれた時、うれしかった……。何度も私のカラダを求めて……硬くさせているのを……あっ、あん……感じた……時も……」

ぐちゅんぐちゅうと切なげに腰を揺らしながら玲奈がその心情を告白してくれる。

「誤解しないでくださいね。颯太さんだから誘惑したのです……。この人の赤ちゃんなら欲しいと……。こんなことをするのは、はじめてですから」

「でも、どうして俺だったのですか？」

「それはね。颯太さん、無条件で私の味方をしてくれるって言ってくれたでしょう……。あの一言に、子宮がキュンとしたのです。だから……」

「ああ、玲奈さんが俺のような赤ちゃんが欲しいって言ってたのって、そういうことだったのですね……」

すべての謎が解け、玲奈の相手に選ばれたことに歓びを感じると共に、少しだけがっかりした気分にもなった。

どこかの時点で若女将から好ましく思われたことは確かながら、愛されたわけではないのだと感じたからだ。あくまでも彼女の目的は、颯太の子胤であり、颯太自身ではないらしい。

むろん光栄なことには違いないし、男として誇らしい気もする。けれど、どうやら玲奈の隣に颯太の居場所はないらしいのだ。

この数時間の間に、美人女将の亭主として、このままこの旅館に留まるのもありかもなどと妄想していたが、どうやらそれも泡沫の夢であったようだ。

ならば、牡カマキリのように交尾の後に牝に食べられてしまう前に、さっさと退散するべきか。

（その前に、こんな気持ちのいい体験をさせてもらった対価を払わなくちゃ……！）

思い定めた颯太は、対面座位で交わったまま美熟女の股間に自由の利く手指を運んだ。

「あぁっ、ダメですっ。今そこに触れられたら、また私、恥をかいてしまいます！」

慌てて太ももを閉じようとしても、颯太に跨って女陰に肉塊を咥えているのだから閉じようがない。それをいいことに、掌をグイッと玲奈の股座に挿し込んだ。

ふっくらした恥丘に生える繊毛が手首に擦れるのを感じながら、さらにその下に手指を進め、しっとりと湿り気を帯びた媚肉に到達させた。

「本当にぐしょぐしょですね……。なのにさっきよりずっと玲奈さんのおま×この締めつけが強くなって……。俺の子胤が欲しいっておねだりしてるみたいだ……」

「ああん！　ああっ、イヤです。言わないでください。ああああぁぁん」

口からは恥じらいの声が漏れるが、その度に膣洞は激しく引き絞られた。

「すごい！　入り口だけじゃなくて、奥の方もぎゅって締めてくる。おおおっ！」

最奥に漬け込んでいる颯太を篭絡《ろうらく》しようと、会話の最中も美熟女の蜜腰はゆっくりと動かされていた。だからこそ、玲奈の性器の具合のよさが颯太を虜にするのだ。

負けじと颯太も、彼女の肉核に手指をあてがう。若女将が腰を蠢かすたび、クリトリスがすり潰される寸法だ。

健康な女体が、敏感な牝核を弄ばれて乱れずにいる方がおかしい。しかも、玲奈はすでに何度も、絶頂に呑まれては颯太の射精を子宮に浴びているのだ。

「あん、あぁぁ、もうイヤ……イヤです。玲奈、イキすぎて恥ずかしいの……」

淫らに身悶えしながら羞恥する玲奈が可愛い。たとえ玲奈が牝カマキリであったとしても、最高にいいおんなであることに変わりはない。

「あん、あん、あぁあっ！　またイクっ。はしたなくて、ごめんなさい。颯太さんのおち×ちんで、玲奈は何度でもイッちゃいますぅ〜〜っ！」

羞恥のイキ貌を見せたくないのか、颯太を抱きしめる腕にさらに力が籠められる。

びっしょりと汗をかいた若女将の白い肌と浅黒い颯太の肌が密着する。

大きくやわらかな乳房が容《かたち》を変え、二人の隙間を完全に埋めている。

「あはぁ、あぁぁん……。あああああぁぁぁ〜〜っ！」

牝啼きがさらにオクターブを上げたのは、颯太が腰を下から突き上げたからだ。しがみつく女体を下から串刺しにしながら投げ出していた足を胡坐《あぐら》に組み、太ももを上下させる要領で短いストロークを小刻みに繰り出した。

浅い抜き挿しにも玲奈が敏感に反応してくれるのがうれしくて、他の場所も責めたくなる。

美熟女の股座に挿していた手指をシミひとつない白い背筋に移動させ、つーっと撫でてみる。途端に女体が大きく反応を示し、背筋を仰け反らせた。

互いの体の間にできた空間を利用して、首を捻《ね》じ曲げ、ツンとしこった乳首に吸い付く。

「ああ、ダメです……。ああ、あ、あはぁぁ～～っ！」

唇を窄めちゅーちゅーと乳蕾を吸い付けては、歯先で甘嚙みする。

「だめ、だめなのに……あぁ、もうダメ、颯太さん……だめ……あぁぁん!!」

その懇願を聞き入れ乳首をそっと離すと、今度は私のターンとばかりに、玲奈の腰の動きが再開する。

「あぁぁ、これ太いの……熱すぎる……。お、奥にまで擦れちゃう……。颯太さん……颯太さん……あぁ」

前後に揺すらせるだけでなく、腰を回転させるような動きも加え、膣洞の壁という壁を擦りつける。

「ぐわあああっ！　どうして、こんなにヌルヌルぐちゃぐちゃなのに、ザラザラした感触までが味わえるのでしょう？　玲奈さんのエロま×こ、複雑すぎます！」

颯太は、またも密着させてくる美熟女の全身から伝わる気色よさに耐えながら、自らも股座を突き上げていく。牝腰の律動に呼吸を合わせ、ずぶずぶと女陰に抜き挿しさせる。

「ああああぁぁ、もう……もう……あああぁぁ……だめなのに……玲奈、イッちゃう……ああああん、もうイクぅっ！」

　いつの間にか玲奈の腰の動きは止まっており、颯太の首筋にむしゃぶりついて、ただただ抜き挿しされる快感に翻弄されていた。

「玲奈さん、俺も限界っ！　射精《イ》くよ！　玲奈さんのおま×こに射精《だ》します！」

「あぁっ、颯太さん。颯太さぁん！　好きです……あぁ、颯太さんのこと……好きです……。大好きな颯太さんの精子を玲奈のおま×こにください！　あぁぁ……好きぃいぃ～～っ！」

　熱くやわらかく濡れ濡れの膣襞も颯太のことが愛おしくてたまらないと告げるように、ぎゅっと分身を抱きすくめてくれる。

（ああ、ごめんね。玲奈さん……。牝カマキリなんかじゃなかった……。俺のことを愛してくれているのだね……）

　美熟女の思いを疑ったことへの後ろめたさと、その本心を知った悦び、さらにはどうしようもなく湧き起こる彼女への愛しさがない交ぜになって、颯太の射精衝動を誘発させた。

「ぐおおおおっ……射精《で》るよ！　射精《で》るっ！　玲奈、好きだぁぁぁ～～っ！」

　劣情とも愛情ともつかぬ突き上げを制止させ、弾ける寸前にまで膨らんだ亀頭部を爆《は》ぜさせ、白濁を打ちあげた。

さすがに量は少なくなっていたが、その勢いは衰えていない。礫《つぶて》となった少数精鋭の精液が、若女将の子宮口にぶつかり、すでに絶頂にまで届いていた性感をさらに押し上げる。

「あはぁ、おま×こが熱い……。颯太さんの精子で玲奈の子宮はいっぱいです……。あぁっ、熱いので、またイキそう。あぁん、玲奈、精子でイクぅ～～っ！」

さんざん子胤を注ぎ込まれた美熟女が、身も世もなくふしだらにイキまくる。颯太にみっしりと女体を抱きすくめられながら、若女将は艶めいた喘ぎの間に、愛する男の名前を繰り返し叫んでいた。

2

「すっかり暗くなっちゃった……。義姉さん、もう帰っているだろうなあ……」

暗くなり部屋に戻ろうと外に出た颯太。

「うー寒っ！　えー。な、なんだぁ！」

驚いたことに、いつの間にか辺り一面が雪に覆われている。

雪起こしの雷が張り切りすぎて、この時期には多すぎる雪を降らせたようだ。

凍った道に足を取られながら離れに戻ると、すでに食事の用意されている和風のテーブルの前に、ちょこんと座る佳純の姿があった。

「おかえりなさい」

屈託なく明るい笑顔で出迎えてくれる兄嫁に、颯太は後ろめたさでいっぱいになった。

颯太が戻るのを食事もせずに待ち続けてくれたのだ。

「すみません。義姉さんを待たせてしまったようで……。何時ごろ、ここに戻ったのですか……？」

「うん。それほど待ったわけでもないのよ。ほら、雪のせいで少し帰りが遅れてしまって……」

やわらかく微笑む佳純だったが、その言葉に嘘があることは明白だ。

離れの前の道には、雪がくるぶしほども積もっていたが、そこに佳純の足跡はなかった。つまりは、雪がひどくなる前に佳純は帰りついていたということで、少なくとも小一時間ほどは待たせてしまったのではあるまいか。

颯太に気兼ねさせまいと吐《つ》いてくれたウソが、かえって颯太には息が詰まるように感じられた。

（義姉さんに息苦しさなんて感じたことなんてなかったのに……）

それもこれも佳純に恋などしているから悪いのだ。ここに来れたお陰で、紗彩と一夜の関係を結び、さらには若女将の玲奈と子作りまでできたのだから、幸運な旅だとは思う。けれど、その淫らな行いの罰が当たったかのように、佳純との関係に息苦しさを感じるのだ。

「ほ、本当に酷い雪ですね……。明日、大丈夫かなあ……」

明日には、ここを引き払って家路につく予定だった。

大丈夫かとは、家に帰ることができるのかと案じたつもりだが、その内心では、このままもう少しここに滞在できればと思っている。そうなれば、玲奈との甘い時間をさらに味わうことができるかもしれないのだ。

佳純を目の前にして玲奈のことを考える自分に、少しばかり意外に思いはしたものの、もしかするとそれはいいことなのかもしれない。

兄嫁に想いを寄せ続けるよりは、玲奈を想う方が健全であるには違いないのだ。

「さあ、大丈夫だとは思うけど……。友達は、ここまでの道が凍っていて危ないと言っていたわね。帰れないなら滞在を伸ばせばいいじゃない」

タクシーで出かけた兄嫁は、帰りはその友人に車で送ってもらったらしい。

この辺りはただでさえ標高が高い上に、ここはさらに高台に位置するから余計に気温も低く、雪も多くなるのだろう。

(いや、それにしても義姉さんおっとりしすぎだろう……。帰れなくなっても問題ないのかなあ……?)

確かに、佳純は専業主婦であり、時間に縛られた生活をしているわけではない。

家業を継いだ兄貴の手伝いはあるのだろうが、従業員の手も足りている。

主婦が家を空けていても、親と同居しているのだから、兄貴とてあと一日二日滞在が伸びても困らないのだろう。

(ああ、そっか。兄貴は今、家にいないのだっけ……。仕事とか何とかで取引先のところへ……)

それを思い出したところで、ふと思い当たった。

(もしかして義姉さん……。親父やお袋しかいない家に帰りたくないとか……)

親子夫婦二世帯が住むに十分な広さの家ではあっても、他人の家に入る嫁の立場は難しい。颯太の両親は、どちらかと言えば古いタイプの人間だから、時には息の詰まる想いもしているだろう。

「まあ、万が一帰れない場合でも、ここを追い出されるようなことはないでしょう。義姉さんも、親父やお袋のことで疲れていたりするだろうから、ゆっくりすればいいさ……」

「あら、私、お義父さまやお義母さまのことで、疲れたりはしていないわよ。むしろ、とってもよくして頂いて感謝しているくらい」

何気に味方するつもりで口にしたが、あっさりと否定され肩透かしを食らった。

（あれっ？　だったら、どうして帰りたくないんだ……。えっ！　もしかして兄貴と仲違《なかたが》いしてるとか？　まさか兄貴の奴、浮気とかじゃあるまいな……。佳純さんほどの美人妻をものにしておいて……！）

思えば仕事とはいえ、十年目の結婚記念日の旅行を急にキャンセルすること自体が怪しい。自らの早とちり癖には自覚があるものの、考えれば考えるほど兄の浮気が疑わしく思えた。

「ねえ颯太さん。お食事はまだでしょう？　お料理、冷めてしまったものもあるけれど、お腹、空いているんじゃない？」

兄嫁の言葉に、そそくさと颯太はテーブルに着こうとした。

「あら。鍋が煮えるまでに、まずは着替えていらしたら……？　ちゃんと手も洗ってきてください」

そう言う佳純は、すでに昨日と同じ浴衣に着替えている。

「ああ、今日は鍋なのですね……。これなら火を点《つ》ければ、すぐに温まる……」

昨夜同様に贅沢な食事が色とりどりに並んでいる。とはいえ、そこは連泊の客のために、もちろんメニューは変えてある。

自分のせいで冷めてしまった料理もあるが、メインが鍋だったお陰で、それほど気に病まずに済んだ。

手早く佳純がコンロに火を入れる。

その美貌に相変わらず颯太は魅入られてしまう。

(こんなに美しい人を妻に持って浮気をするなんて、絶対兄貴を許さない！)

無性に腹が立つのは、腹が空いているせいもある。

「では、ちょっと着替えてきます」

促された颯太は、奥の部屋で大急ぎで浴衣に着替えてから、言いつけ通り洗面所で手を洗う。

舞い戻る頃には、鍋から白い湯気が昇っていた。

いい匂いにも鼻腔をくすぐられ、途端に腹がグーッと鳴った。

「うふふ。颯太さんは、昔から食いしん坊だったから……。あの人と違って、食べさせ甲斐があるわ……」

ぐつぐつと煮えたぎる鍋の火を消しながら笑う兄嫁に、どこかしら寂しさが見え隠れするようで、いよいよ颯太は兄の容疑を濃くした。

(万が一、義姉さんが兄貴の浮気を知っているのだとしたら……。こんなに素敵な佳純さんに寂しい思いをさせているのだとしたら……)

勝手に兄の有罪を確信して、颯太は義憤に駆られた。けれど、颯太に何ができようか。夫婦喧嘩は犬も喰わないと言う通り、他人が仲裁に入るほど愚かなことはないのだ。

「はい、颯太さん。こんな寒い夜は、燗酒《かんざけ》で温まりましょう。さぁ、まずは一杯」

部屋に用意された電気式の酒燗器で佳純がつけてくれた燗酒が、盃《さかずき》に注がれる。

兄嫁の言葉通り、冷えた体を温める意味もあってか、熱燗につけてある。

「私も頂いちゃおうかな……」

自らの盃にも手酌で注ごうとする義姉に、颯太は慌てて口を開いた。

「ああ、義姉さん、俺が……!」

腰を浮かせた颯太を佳純がやさしく目で制した。

「あん、もうっ！　そんなサポーターをつけた手を伸ばしたりしないで……。うまくお酌なんてできないでしょう？　とにかく颯太さんは、じっとしていて……」

言いながら自らの盃に酒を注ぎ、上品に持ち上げる佳純。

「それじゃあ、乾杯！」と、色っぽい朱唇を縁にあてられると、白い喉元を晒してキューっと燗酒を呷《あお》った。

小さな盃ながらも見事に空にした兄嫁。彼女のそんな酒の飲み方を見るのは初めてだった。

「ふーっ。あー美味しい……」

ケロッとした表情で、艶冶に笑う。決して品を失わず凛としているものの、やはり何かあったのかと疑わずにいられない。

呆気に取られている颯太に、早くもほんのりと頬を染めながら義姉が小首を傾げた。

「うふふ。今日は私、呑むことにしたの……。あら、颯太さんは呑まないの？」

そう促されると颯太も呑まぬわけにはいかない。義姉に倣《なら》い、丁寧に盃を持ち上げた。

「ところで颯太さんは、今日は一日何をしていたの……？」

恐らくは会話の接ぎ穂を探し、悪気なく兄嫁は訊いてきたのだろう。けれど、颯太としては痛いところに不意打ちを食った。

むろん、訊かれることを想定して、用意していた答えはある。しかし、佳純の絶妙のタイミングに、思わず颯太はぐふっとせき込んだ。

一気に盃に息が吹き込まれたお陰で、酒の雫《しずく》が顔のあちこちに飛んだ。

「あちっ！　あち、熱っ、あっつぅ！」

慌てたものだから手の中で盃がさらに揺らぎ、熱燗をまき散らす。ほとんど中身が零《こぼ》れてしまった盃を辛うじてテーブルに置き、酒に濡れた手を振った。

「まあ。大丈夫？　まあ、まあ、大変……！」

大急ぎで兄嫁がティッシュボックスを抱えて隣に駆けつけてくれる。

「ごめんなさい。燗をしすぎたかしら……。熱かったのね」

「げほっ、けほっ……。す、すみません……大丈夫。大丈夫ですから……」

「本当に？　火傷していない？　相変わらず颯太さんは、おっちょこちょいねえ……」

雪の結晶を溶かしたような瞳は、アルコールのせいなのか、露《つゆ》を含んだようにしっとりと濡れている。

「こんなところにまで飛んだのね……。ああん、赤くなってる……」

颯太の太ももを覆う浴衣が濡れているのを見つけた佳純は、浴衣をティッシュで拭いながらも、その中身の無事を確かめようと浴衣の裾をめくった。

天然っぽいところのある佳純らしい振舞いながら、さすがに浴衣をまくられるとは思っていなかった。

「いや、あの義姉さん。本当に、大丈夫ですから……」

憧れの兄嫁に下着を見られることが恥ずかしくて、まるで中学生のように照れまくる。そんな颯太を尻目に、何を思ったか兄嫁は、赤くなったそこに唇を寄せてきた。

「えっ！　うわああ、ね、義姉さん……！」

ぽってりとした朱唇がぬるんと太ももの表面にあてがわれる。伸ばした舌が腿の皮膚を舐めつける。豊潤な唾液で火傷を癒そうとしているらしい。

「あうっ。く、くすぐったいです。ああ、義姉さんっ！」

股間に近い位置に兄嫁が顔を埋めるその様は、まるで佳純に口淫してもらうよう。そんな妄想が頭をよぎったお陰で、即座に分身が反応を示した。

（ああ、やばい！　義姉さんに気づかれる……！）

若女将に、陰嚢が空になるまで精子を注ぎ、性的に満たされたはずだった。けれど、まずいと思う颯太の理性とは裏腹に、分身はその存在感を増していく。

「ああん、颯太さんって、こんなに逞しいのね……」

自分の顔のすぐ傍らで膨らんだ肉塊に、やはり佳純は気づいてしまった。けれど、その兄嫁の反応は、颯太が想像していたものとあまりにも違っていた。

よくて美貌を赤らめて目を背けるか、悪くすると怒り出すか、はたまた気付かぬふりをして大人の対応をしてくれるか、どれもアリと予想したが、そのどれでもないリアクションが帰ってきたのだ。

「颯太さん。今夜はもうどこにも行かないで……。佳純を独りにしないで……」

大きく膨らませた颯太の分身に、すっとその手を伸ばしてきたかと思うと、ふいに美貌が持ち上がり、颯太の口を佳純のやわらかい朱唇が塞いだ。

チュッと微かに触れるばかりの口づけは、儚いくらいの瞬刻。ふっくらとやわらかい感触は、わずかに残されているものの、あるいは颯太の妄想が見せた甘い幻であったのかと思われるほどの刹那のキスだった。

3

「佳純ではダメかしら？　私にはもう魅力を感じない……？」

義姉に下腹部を触られ、口づけをされているのだから、そのセリフが何を意味するか十分理解できた。

それでも颯太は兄嫁の瞳の奥を覗き込み、懸命にその真意を探ろうとした。

夢にまで見たシチュエーションながら、絶対にそんなことは起きないと思い込んでいたからだ。

（あの義姉さんが……？　清楚で、聡明で、奥ゆかしくて、上品で……。それに……それに……あれほど貞淑だった佳純さんが……。どうしてこんなことを……？）

佳純に色気を感じないわけではない。むしろ、久方ぶりに会ったせいか、その艶っぽさは以前より何倍にも増しているように感じていた。

それでいて、はじめて会ったあの頃と変わっていないと思うほど若々しい。不思議なくらい義姉は歳を取らない人なのだ。

その知性の高さも嫌というほど知っている。佳純が卒業した大学に入るため、颯太も猛勉強をしたからだ。それなのに決して高学歴や知識をひけらかすこともなく、気さくで、やさしくて、控えめで、穏やかで、欠点などひとつもないような完璧な女性が佳純なのだ。

そんな彼女だからこそ、こんな振る舞いをするなど信じられない。

もしや酒に酔っているのかとも思ったが、いくら弱い佳純でもさすがに回るのが早すぎるように思える。

何をどのように応えればいいのか判らずにいる颯太に、兄嫁は寂しそうな表情を見せた。

おずおずと颯太の体からも女体が引き下がっていく。

「ごめんなさい。颯太さんを困惑させたみたい。やっぱり私に颯太さんを誘惑するなんてムリだったわね……。それはそうよ。颯太さんにとって私は兄嫁なのだし……。十歳もおばさんの私になんか魅力を感じたりしないわよね」

「いや。義姉さん。そんな……」

「いいのよ。いいの……。同情されると余計に居たたまれなくなっちゃう。うふふ。バカよね私、柄《がら》にもないことを……。精いっぱい、色気を出そうとしたけれど、むしろ颯太さんに引かれちゃったみたいで……」

繕《つくろ》うように髪を整え直し、乱れた浴衣の裾を直す義姉。しどけない姿も艶っぽく感じたが、身なりを整えたその姿の方がずっと颯太には色っぽく感じられた。

「もう。そんな顔をしないで……。判ったわ、本当のことを白状するわね。私、ここへは颯太さんと結ばれるつもりで来たの……」

憑《つ》きものが落ちたような顔で佳純は颯太に向き合い、事のいきさつを話しはじめた。

結婚して十年になる兄夫婦は子宝に恵まれていない。それを理由に、颯太の父は兄に「外におんなを作れ！」と迫ったらしい。

親父らしい物言いだった。家業を守るための跡取り欲しさに、そんなことを言い出したのだろう。離縁せよというわけでもなく、家業のためなのだから佳純には納得してもらえということらしい。

しかし、実は子宝に恵まれぬ理由は、むしろ兄の方にあるらしかった。

数年前から機能不全（ＥＤ）の状態にあるばかりでなく、そもそも子種がないらしい。それを父に明かすわけにもいかず、さらには兄の方も跡取り問題には以前から頭を痛めていたというのだ。

「それでね。私に颯太さんを誘惑して、その子胤で孕んでこいと半ば強引に……」

なるほど、あの父と兄らしいやり口だった。傲慢《ごうまん》で言い出したら絶対に聞かない父親。自分勝手で佳純のことを思いやろうともしない兄貴。その双方に、颯太はひどく腹が立った。

「まったくもって言語道断です。親父も親父なら兄貴も兄貴だ！　家業のためだ何だって時代遅れも甚《はなは》だしい！　第一、義姉さんが可哀そうすぎます。本当にすみません、義姉さん。我が身内ながら最低ですね……」

憤慨する颯太に、兄嫁はその美貌を左右に振った。

「いいえ。我が夫の事でもあるから……。頭を下げて頼まれては、断ろうにも断り切れなくて……。でも、そればかりが真相ではないのよ。はじめは颯太さんと……その……二人が関係を結んだことにして、それでも赤ちゃんはできなかったことにしようと思っていたの」

なるほど、それが一番の妙案かもしれないと颯太も思ったところに、なおも佳純の言葉は続いた。

「けれど、颯太さんの顔を久しぶりに見た途端、いっそあの人に命じられた通り颯太さんを誘惑してみようかなって……」

「えっ？」

「正直言うとね。私、気づいてしまったの。私自身が、それを望んでいることに」

思いがけない方向に話が進むのを、颯太は息を詰めて聞き入った。

「私ね、颯太さんが、ずっと私を熱い目で見つめていることに気づいていたの……。けれど私は颯太さんの義姉なのだし、その想いに応えることは許されない。それに颯太さんは思春期だったから、たまたま近くにいた私に想いを寄せただけで、すぐに他のもっと可愛いおんなの子に夢中になるだろうって思って……」

佳純が颯太の想いに気づいていたことに驚くとともに、たとえ一瞬であろうとも、その想いに応えることを想像してくれただけで、ひどくうれしかった。

「でも、実際に颯太さんが、他の女性に惹かれている姿を目の当たりにして、私、嫉妬してしまったの……」

「えっ。ま、目の当たりにって……？」

紗彩とのことか玲奈とのことかと続けようとして、慌てて言葉を喉奥に留めた。

「昨夜、私……颯太さんの戻りがあまりに遅いものだから」

「えっ！　じゃあ、紗彩さんと俺のこと、その……み、見ていたのですか？」

大浴場に行ったきり、遅くまで帰らない颯太を不審に思ったのだろう。佳純は、颯太の様子を見に来たらしい。そこで紗彩と颯太の淫らな睦ごとを見てしまったらしいのだ。

「今日も、こんなに戻りが遅かったのは、紗彩さんと過ごしていたからなのでしょう？」

恋人を詰《なじ》るような佳純の口ぶりに、今日は玲奈と睦み合っていたとは、口が裂けても言わないほうがよさそうだ。

（兄貴が浮気していたなんて疑った罰が当たった……。そうだよな。たとえ兄貴が浮気していても糾弾する資格なんて俺にはないんだ……）

我が身を鑑《かんが》み、何一つ言い訳できないことを悟った颯太。調子に乗っていたツケがここにきて回ってきた。

「いえ、紗彩さんはもう宿を引き払っていますから……。落ち込んでいる俺を玲奈さん……いや、若女将が元気づけてくれたんです。その流れで若女将とも……その……」

本当のことなど言わずにいた方がいいと、颯太にだって判っている。けれど、さらに兄嫁に対しウソや隠し事をする気にはなれなかった。ここで誤魔化すのは玲奈に対しても、誠実ではないと思えたのだ。

「若女将ともだなんて……。こんな短期間に二人の女性と？　それも年上の美人ばかりと……。呆れてしまうわ」

ぷくっと頬を膨らませる義姉。そんなカワイイ佳純の顔を颯太ははじめて見た。

「あれっ。呆れるだけ？　怒らないのですか？　都合よくホイホイと誘惑に乗るような義弟を……。いい加減にしなさいとか。火遊びはやめなさいとか……」

「言うものですか。颯太さんが隅に置けないことは、とってもよく判ったけれど、怒ったりしないわ……。だってそれなら、もしかして私にもチャンスはあるかもしれないから……。うーん、でもちょっぴり怒っているかも。嫉妬という意味で……」

頬を赤くして、意味深な眼差しが向けられる。背筋のあたりがゾクゾクしてくるのは、秋波を送られているからに相違ない。

「あんなに颯太さんったら私の匂いを嗅いでいて……。なのに私ではなく、若女将の方に行ってしまうなんて……」

「うわっ！　それにも、き、気づいていたのですか？　俺が寝ている義姉さんのカラダの匂いを嗅いで、興奮していたこと……！」

まさか昨夜の痴漢行為まで知られていたとは思わなかった。佳純は、颯太の醜態の全てを知った上で、そ知らぬふりをしてくれていたのだ。

「ご、ごめんなさい。義姉さんに痴漢まがいのことを……。でも、あまりに義姉さんがいい匂いをさせていたから……」

狼狽えるあまり、言い訳にならない言い訳をする颯太。ますます佳純が、その美貌を紅潮させていることも颯太の頭を混乱させている。兄嫁が発しているサインから何を読み取ればいいのかさえ、まるで判らなくなっていた。

「謝ることなんてないのよ。正直、私も興奮していたのだから……。私の匂いを嗅いでいる颯太さんに、このまま襲われても構わないなんて、はしたないことを考えていたくらい……。カラダを火照らせ、子宮を疼かせて待っていたの。けれど、あまりにふしだらすぎる私を颯太さんに知られることが恥ずかしくて……」

「ね、義姉さん……」

赤裸々に告白する佳純に颯太は頭の中を真っ白にさせながらも、今こそ兄嫁に求愛するべきと、そのタイミングだけは見誤らなかった。

「俺も正直に白状しますね。俺は義姉さんがずっとずっと好きでした。義姉さんが好きすぎて何かをやらかしそうだったから……その、昨日の夜みたいなことを……。だから俺、家を出る決心をしたのです。なのに、こうして義姉さんを目の前にするとやっぱり……」

決して佳純に告げてはならないと封印してきた想い。兄嫁を苦しませるから、困らせてしまうからと自らに言い聞かせ、何度も諦めようとしてきた。

けれど、どうしても捨てられず、諦めきれず、さりとて、やはり吐き出せずにきた想いを、ついに今、言い繕《つくろ》いや誤魔化しや忖度《そんたく》なども全くなしで、ありのまま吐き出している。

「子供のころからずっと義姉さんが好きすぎて……。性への目覚めも、義姉さんが切っ掛けで……。熟女好きとか義姉さんのせいで……。でも義姉さんからは、義弟としか見てもらえなくて……。でも、好きだから、愛しているから、ちゃんと男として見て欲しくて……」

零れ落ちる思い。十年分熟成された言葉だからこそ、端々から高熱が迸る。

「俺、義姉さんを愛しているから、だからこそ激情に駆られてムリやり押し倒したりとかもできなくて……。覗きとか痴漢まがいが関の山で……。なのに俺は、紗彩さんや玲奈さんと淫らなことをして……」

声が震えていると自覚している。やはり、それを告白するには怖れと緊張があった。

「紗彩さんや若女将と颯太さんが関係を持ったことを咎める資格は、私にはないわ。だって、それは同意の上での大人の関係なのだから……。それにこれまでは颯太さんと私は、義理の姉弟でしかなかったのだし……」

口を開いた義姉に、颯太はじっと聞き入っている。故に、その微妙な表現に敏感に反応した。

「これまでは……」

オウム返しに口にする颯太に、兄嫁はこくりと小さく頷いた。

「でも、いまだけは……義理の姉弟の関係を忘れて、ただの男とおんなになりたいの。私も紗彩さんや若女将のように颯太さんに抱いて欲しいと願っているから……」

まさか義姉の口から颯太に、「抱いて欲しい」などという言葉が飛び出すなど思いもしなかった。何度も妄想してきた幻でさえ、颯太からの求愛を断り切れずにというシチュエーションばかりで、佳純から求められるなど、それこそリアリティーがなさ過ぎて想像しなかった。にもかかわらず現実に、起こりえないことが起きている。

「ね、義姉さん……」

もしかすると佳純も、ここの温泉成分により発情を来《きた》しているのかもしれない。あれは男に対する効能と聞いたが、女性に作用しても不思議はないように思える。少なくとも、この義姉には……。さもなければ、奥ゆかしくも貞淑な彼女がこんなことを言い出すはずがないのだ。

（ああ、だけど……。これが夢でもいい。幻でもいい。だけど、どうか、まだ覚めないで……）

うれしすぎる告白に颯太は、一気に全身の血が滾るのを感じた。

「義姉さん。俺、俺……」

颯太は心を震わせながら大きく両腕を伸ばし、そっと兄嫁をやさしく抱きしめた。込み上げる激情をムリに抑え、きつく抱きしめたくなるのをぐっと我慢する。

義姉弟の一線を踏み越えるにあたり、何者からも彼女を守ると決意したからこそ、愛情と思いやりをその両腕に込め、やさしく佳純を抱きしめたのだ。

4

「この後、私たちどうなってしまうのか怖い気もするけれど……。颯太さんのこのやさしい抱擁に恐れも何もなくなっていくわ」

颯太の義姉を大切に想う気持ちが伝わったのか、佳純がそっとつぶやいた。

「ねえ。キスして……。そのキスで、私は颯太さんの義姉ではなくなる……。私を解放して……」

うっとりと囁きながら佳純は、そのカラダから力を抜いていく。細っそりした頤を上向きに、切れ長の眼を静かに閉じて颯太からの口づけを待ちわびている。

「んっ……」

左手を佳純の後頭部に添え、朱唇を引き寄せる。

ぽってりとした花びらさながらの唇に触れた。

溶けていきそうなほどふわりと軽く、やわらかく、しっとりとしている。

そこから漏れ出す吐息の甘さ、豊かな髪や女体から漂う得も言われぬ芳香。その一つひとつが颯太を陶酔へと引き込み、凄まじい興奮へと導いていく。

「佳純義姉さん……。愛しています。たとえ何があっても、俺が義姉さんを守りますから……」

一度短く離れては、愛を囁き、そしてまた朱唇に舞い戻る。熱い想いを載せた舌をつるんと兄嫁の唇の間に割り込ませ、白い歯列を舐めていく。

「むふん。あん、そ、颯太さんとキスをしている……。んふぅ……。あぁ、こんなに甘く切ない口づけは久しぶり……。いいえ、はじめてかも……」

互いの唇がべったりと重なり合う。佳純からも積極的にもぐもぐと唇を擦り合わせ、そのやわらかさを堪能させてくれた。

「ふああっ……義姉さん……うぶぶっ……ほむうううっ」

腕の中の女体が、颯太にしなだれかかり、体重を預けてくる。巨乳と思えた玲奈よりも、さらに大きなスライム乳が、甘く胸板をくすぐっていく。

「んふぅ……ぢゅちゅっ……むんっ……あふぅ……ぢゅるるっ……」

濃厚な熱い時間が過ぎていく。長く、切なく、甘く、ひたすら興奮を誘う口づけ。

(ど、どれだけキスしてる……？　義姉さんの甘い涎がいっぱい口の中に拡がって……あぁ、なんてしあわせなんだ。俺の腕の中に義姉さんがいて、蕩けるほど口づけをしているんだ……）

息継ぎもままならず苦しいくらいであったが、それに勝る多幸感に襲われている。

「ぅぁぁぁ。ね、義姉さん……。キスってこんなに……キスだけでこんなに……」

「ぷはっ……はぁ、はぁ……そうね。こんなに熱くて、こんなに素敵で、こんなにしあわせな気持ちにキスだけでなれるのね……はふぅ、はぁ、はぁ……」

紅潮させた美貌をやわらかくほころばせ、それこそしあわせそうに佳純がつぶやく。

そしてまた互いに唇を重ね合うのだ。

「ぐふうっ……義姉さん……ちゅるっ……んふっ……ぢゅるぢゅるる……ぐぅっ」

兄嫁も受け身ばかりでなく、積極的にしてくれる。唇を吸われ、舐められ、歯の裏や顎の裏、喉奥まで佳純の舌がくすぐってくる。

甘く、狂おしく、脳髄までが熱と粘膜に溶かされていくようだ。

「んーっ……ぢゅうぅ……はむん……ちゅちゅっ……はふぅ、はふん」

義姉の舌の先からどろりとした粘性の高い涎《よだれ》がたっぷりと流し込まれる。べろべろと互いの舌先をもつれさせ、舌腹を絡めあい、舌の付け根をしゃぶりあう。

控えめで奥ゆかしい兄嫁が、これほど積極的に仕掛けてくるとは思わなかった。

相手が年下の颯太ということもあったが、紗彩や玲奈と義弟の関係を知り、対抗するような気持ちもあるのかもしれない。

「ん、うふっ……あむっ……あはぁ、とても甘いキス……んふぅ……カラダが蕩かされてしまう……心まで……あむぅ……そ、そう、た、さ……ん、ふ」

螺旋《らせん》を描き兄嫁の舌を巻き取って存分に絡めあう。くちゅくちゅと甘い水音をわざと立たせることも忘れない。卑猥な濁音が、感情を高ぶらせるエッセンスとなるからだ。

「あはぁ……うむぅ……。颯太さん、なんてキスが上手なの……」

付いては離れ、息苦しくなると深呼吸して、また触れる。

「義姉さんだって……。んほっ、はふぅ……こんなに凄いキスを……」

繰り返す熱いキスに、部屋の空気までがじっとりと湿っていく。

「はぁ、はぁ、はぁ……。俺は義姉さんを兄貴から寝取るために……ぶちゅっ、ちゅちゅっ……夢中で……」

「やだ、寝取るなんて言わないで……あふん……むふぅ」

あえて〝寝取る〟と言葉にして、兄嫁の期待と羞恥を煽《あぶ》る。

貞淑な佳純を篭絡《ろうらく》するには、羞恥の業火でその身を炙り、官能に溺れさせることが肝心なのだ。

そのためには焦りは禁物と自らに言い聞かせながら、義姉の後頭部を支えていた左手で、その髪をまとめているゴム製のシニョンを外した。

途端にハラリと腰位置にまで流れ落ちた豊かな雲鬢《うんびん》に、うっとりと手指を挿し入れる。さらさらと清水のように流れる極上の髪質をやさしく梳《くしけず》り、頭皮の性感を刺激していく。

「綺麗だぁ……。やっぱり義姉さんは、こうして髪を降ろしていた方が素敵です。こんなに艶々の髪なのだから……。ああ、義姉さんは髪の毛までが官能的に男を奮《ふる》い立たせるのですね……ちゅちゅっ……ぶちゅっ……ぶちゅるるる」

興奮に任せ、舌を先ほどよりも淫らに絡み付け、舌腹同志を擦りあわせる。先ほどの兄嫁を真似て、自らの唾液を彼女の口腔に流し込み攪拌《かくはん》させた。

「あぁ、颯太さん……あふん、ほふううぅ……」

愛に満ちた口づけで兄嫁が我慢できなくなるよう、エロティックな気分になるように、舌遣いをさらに忙しくさせる。

「こんなに美人で可愛い義姉さんを抱き締めて、たっぷりとキスしている。あぁ、俺、ものすごく興奮してます！」

熱烈なキスの雨に発情を促された兄嫁は、その瞳を艶めかしく潤ませている。激しい愛欲を感じるのか、むっちりとした太ももをこっそり擦りあわせているのを颯太は横目で確認した。

「あふぅ……あの人からも、こんなに熱く愛を囁かれたことなかった……。あん、どうしよう。私、濡らしている……。カラダが火照っておかしくなりそう。お願い。颯太さん。どうにかして……」

ほつれた朱唇から淫らな本音が零れたのを機に、颯太は自由の利く掌をおんなの太ももに運んだ。

途端に女体がびくんと震える。

「あっ、や……颯太さん、そこは、あんっ」

自らどうにかしてと訴えておきながら、やはり羞恥が勝るものと見えて、抗いの声をあげている。

「義姉さんの脚、とっても綺麗なのに、いつも長いスカートばかり穿いて、もったいないですよ」

慎ましくマキシスカートを好んで穿く佳純。昨夜、覗き見た男殺しの脚線美を思い浮かべ、颯太は浴衣の上からその太ももを擦っていく。

「ああん、颯太くん……。あ、あぁん……」

ほこほこの太ももの触り心地は極上ながらも、まずはその邪魔なものを排除すべきと、颯太はゆっくりと浴衣の裾をたくし上げた。

「ああ、やっぱり綺麗だ……。義姉さんの脚、溜息が出るほどです……」

ふくらはぎから膝頭が覗き、そのまま股下数センチの太ももまで露わにさせて、颯太は感極まってつぶやいた。

白いパンティの船底が際どく見える。全容を晒された白い媚脚の破壊的なまでの艶めかしさ。

(ああ、今日の下着の色は純白かぁ……。清楚なのに色っぽい……)

佳純が自ら告白したように、既に股間を潤わせていたのだろう。浴衣の内側の熱気が、濃厚な牝フェロモンとなって颯太の鼻先を悩ましくくすぐった。

ごくりと喉を鳴らし、生唾を呑まずにはいられないほどの悩殺の眺め。双眸に欲情の焔を載せ、熱く視姦してしまう。

「あぁ。颯太さんの視線が熱いわ……。私の足を見て興奮しているのね」

言いながら女体が、ぶるぶるぶるっとわななくように震えた。強烈な情欲が籠った颯太の視線を浴び、おんなの矜持《きょうじ》が刺激されるのだろう。

「あぁ、どうしよう……。私のカラダが颯太さんに見て欲しいと言っているの」

「見るだけでは収まりません。触りたい！　いや、むしゃぶりつきたい！」

その言葉そのままに、颯太は掌をそっと太ももに運んだ。

人魚のような生脚に触れた途端、掌からゾクゾクッと凄まじい愉悦が背筋を走る。

肌の温もりとシルクのような触り心地は、たちまち颯太を脚フェチにしてしまうほど。

「あっ、ん……ふ、あっ」

指先を羽に見立て、掃くような心づもりで内腿に滑らせる。触れるか触れないかの繊細なタッチ。利き手ではなくとも、紗彩や玲奈との睦事のお陰で、随分と器用に操れるようになっている。好きこそものの上手なれとは、こういうことか。

「ああん、エッチな手つき……。こんなテクニックで年上の美女たちをものにしてきたのね……。颯太くんのバカ。ずっと私を好きだったのでしょう？　なのに、他所《よそ》でやりたい放題してくるなんて……」

可愛い悋気《りんき》を見せる兄嫁に、颯太は驚きを禁じ得ない。理知的な佳純に、こんな一面があろうとは。嫉妬されるのは愛されている証《あかし》のようなもので素直にうれしい。

「ああ、義姉さんのカラダってやっぱりいい匂いがします。甘くてやさしい匂いで、なのにすごくエッチな匂い！」

「あん。いやぁ。颯太さん……。また匂いを嗅《か》がれるなんて……恥ずかしすぎるの……。ねえ、ダメだってば。そんなのダメぇ。あ、あぁんっ」

美脚を撫で擦りながら、憧れの兄嫁の香りを明け透けに堪能していく。昨夜以上の至近距離、白い首筋に鼻を擦りつけて大胆に嗅ぎまわる。

不自由な右手の分まで、鼻や口、舌、左手を駆使して兄嫁を堪能するのだ。

「嗅がせてください。義姉さんのカラダ中、全てを嗅ぎまわりたいのです！」

懇願しながら土を掘り返すように鼻筋で媚肌を愛撫する。くすぐったげに、ひゅっと首が引っ込められるのを、今度は舌を伸ばしソフトタッチに舐め回す。

「あぁん。嗅いでない。舐めちゃってる……。あ、あぁ……。私の首筋に颯太さんの唇が……あ、はぁ……」

兄嫁は敏感な体質なのか、はたまたくすぐったがりなのか、鼻や口唇が触れるたび、びくん、びくんと艶めいた反応を見せる。

「そりゃあ舐めちゃいますよ。義姉さんのカラダを、隅々まで舐めまわすつもりですから……。いいですよね？」

どうしても佳純の口から許しを得たかった。十年も望み続けたことだから、余計に兄嫁に言わせたいのだ。

そんな颯太の気持ちを佳純も理解してくれたのだろう。美貌を真っ赤に上気させながらこくりと小さく頷いた。

「恥ずかしいけど……ええ、いいわ。颯太さんのしたいようにして……。全身の匂いを嗅いでもかまわない。カラダ中、舐めまわすのも……。したいことを全てしてくれていい！」

美貌を俯けながらも、はっきりと許しを与えてくれた義姉。しかも佳純は、〝したいことを全て〟と言ってくれた。

「それはつまり、セックスまで許してくれるってことですか？」

核心を確かめずにはいられず、追い打ちのように尋ねると、義姉はいよいよ消え入りそうな声で「うん」と言ってくれた。

「恥ずかしいことでも何でも颯太さんの好きに……。セ、セックスも……」

結局、最後まで言えずに佳純は颯太の胸の中に貌を埋めてくる。

「ああ。義姉さん。ありがとう……」

颯太は、胸が熱くなるほどの感動に任せ、力強く女体をぎゅっと抱き締めた。

「あん。ねえ、焦らすつもりはないけれど、少しだけ待って。ここではなくて、向こうへ行きましょう……。せっかく颯太さんと結ばれるなら、きちんと……」

大きく分身を膨らませ、すぐに押し倒そうとする颯太を、そっと留まらせた兄嫁は、やさしくその手を取り、布団の敷かれた奥の間に導いてくれた。

5

「義姉さん……」

二組並べて敷かれている高級布団の横で、兄嫁は正座をすると淑《しと》やかに三つ指をついた。けれど、その美しい所作は、いつになくそわそわしていて、落ち着きがない。緊張からか、それとも羞恥のせいであろうか。

「不束者《ふつつかもの》ですが……」そう言ってから佳純は、言葉を探している。末永くとお願いするのもどうなのかと思ったのだろう。

正直、颯太にも二人の関係がこの先、どうなっていくのか判らない。けれど、どうなっても颯太のやるべきことは一緒だ。

「俺は、何があろうともこの先、義姉さんを守ります……」

（義姉さんが俺の子を産んでくれるのなら、その子供も絶対に俺が守る……！）

学生風情が激情に任せて青臭いことを吐いていると自覚している。だから、子供のことは言わずにおいた。

「ありがとう、颯太さん……。これからも末永くお願いします」

畳の近くまで恭しく頭を下げる古風な所作が、酷く淫靡な儀式に感じられる。

颯太は、義姉の至近距離にまで行くと、その薄い肩に手を伸ばし、またしてもそっと抱き寄せた。

「あんっ……」

短い悲鳴をあげた兄嫁は、けれどすっぽりと腕の中に収まり、微塵も抗おうとしない。それどころか、颯太の背中に手を回し、すがりついてくる。

雲を抱きしめているのかと思われるほど、ふわりとやわらかく繊細な抱き心地だ。

「颯太さん。約束ですから颯太さんの好きなようにして構わないわ……。ただ、一つだけお願い。今だけは義姉さんと呼ぶのはやめて。佳純と呼んで……ね？」

颯太の腕の中、兄嫁が恥じらうような上目づかいでこちらの顔を覗いている。

「ああっ、佳純さんっ！」

感極まった雄叫《おたけ》びを上げ、颯太は女体を布団の上に押し倒していく。ふかふかの布団に助けられ、同時に、高揚もあってか、右手に響いても痛いとは感じなかった。

佳純も颯太の手首を下敷きにしないよう心得てくれている。自然、豊麗な肉体の上に覆いかぶさる形で着地した。

「佳純さん。重くない？　大丈夫？」

「気にしなくて大丈夫よ。いまはこの重みがしあわせと感じられるの……」

豊かな髪を布団の上、千々に散らした佳純の艶やかさたるや目も眩むほど。

颯太は、義姉の髪色が純然たる黒ではないことを知っている。漆黒の中に、わずか一滴ほどのすみれ色が溶かされているのだ。

うっとりするほど上品で華やいだ色香が、颯太の激情を根底から揺さぶった。

「脱がせてっ……。颯太さんっ」

待ちきれないといった様子で両手を広げる佳純のトロトロのエロ貌。颯太の頭の中で、ひと足早く射精が起きた。

浴衣の裾を再び観音に開き、すんなりと伸びた美脚を露わにさせる。閉じあわされた脚は、白くオーラを放つように輝く。

下腹部には清楚な純白の下着が一枚。凝ったレースがふんだんに施された上等なシルク生地が、成熟した下腹部にぴったりと張り付いている。

あまりに艶めかしく、それでいて無垢《むく》な上品さも感じさせられる。

「佳純さん、これ脱がせるね……」

先に兄嫁の乳房を晒してしまおうか、それともこの純白の下着を剝いてしまおうかと散々迷った挙句、その答えが〝帯を解く〟だった。

帯の端を左手で握りしめ、ぐいと下方へ引っ張ると、シュルリと衣擦《きぬず》れの音をさせて結び目が解けた。

てっきり浴衣の下は、素肌だと思い込んでいたが下着代わりの白い半襦袢が現れた。もどかしく思いながらも、その前合わせの結び目もスッと解く。

「ああっ。やっぱり恥ずかしい……」

襦袢の前合わせをめくりあげると、お待ちかねの豊かな乳房、引き締まったお腹とくびれ、そして悩ましい腰つきが、しどけなく露出した。

颯太の視線を感じ、白い胸元を慌てて両腕で隠し、上半身を恥ずかしそうにくねらせる。純白のパンティ一枚だけが残された女体の素晴らしいプロポーションに颯太は言葉もないまま感動した。

（ああ、義姉さん……。やっぱり美しい！　エロいくらいお色気ムンムンなのに、やっぱり上品に感じる……！）

昨夜、布団の中を覗き見た時は、薄明かりにぼんやりしていて、全てが曖昧模糊《あいまいもこ》としていた。それでも美しいと感じた肢体が、いまは明るい照明にハレーションを起こすほど白く眩く、その眩しさに目が潰れるのではと思ったほどだ。

「綺麗って言葉では全然足りないくらい佳純さんの裸、綺麗です。しかも、やばいくらいセクシーで、色気の塊って感じです……」

その悩ましい肢体には、シミどころかホクロひとつないことが驚きだ。

確かに、すっきりと年増痩せしているものの、貧相にやせ細っているわけではない。艶めいた熟れ肉に適度な脂肪を載せ、グラビアモデル張りにボン、キュッ、ボンと、メリハリを利かせている。

しかもその肉体は、どこもかしこもがぷにぷにふわふわと官能的にやわらかい上に、たっぷりと保湿されているから、しっとりと瑞々しいにもほどがある。

特にその肌は、日本人離れして人一倍白く、深い透明度に溢れているため紗《しゃ》がかかっているかのようにも見えるのだ。

「すごいよ義姉さん。じゃない佳純さん……」

魅惑の女体に颯太は、感嘆の声を禁じ得ない。未だ、肝心な下腹部は隠されたままだというのにだ。

「じゃあ、佳純さん。そろそろちゃんとおっぱいを見せてください……。腕が邪魔で、一瞬しか見えていないから……」

「ああん。だってぇ……」

恥じらう兄嫁が、それはそれで酷く可愛い。

「だってぇ、じゃありません。恥ずかしくても、俺のやりたいようにさせてくれるのでしょう？　だったら、まずはおっぱいを見せてくれなくちゃ……」

まるで年下の娘に言い聞かせるような颯太の口ぶり。なおも頭を左右に振り、恥じらう義姉の腕をやさしく取り、ゆっくりと左右に開かせる。

「ああん。いい歳をしてなんて思わないでね。私、恥ずかし過ぎて……」

目元まで赤くした兄嫁は、それでも素直に腕を御開帳してくれる。

両腕に抱えられ深く谷間を成していたふくらみが、ふるんと大きく揺れながら左右に流れる。それでもその大半は、ハリのある肌に美しいドーム型を形成した。

乳房の周囲の空気が揺れたお蔭で、乳膚から甘い薫香が立ちのぼる。

「すう……はあ……すぅ……。あぁ、なんていい薫りだろう……。佳純さんの甘い香りっ！」

凄まじい絶景と薫香に、うっかり我を忘れてしまいそうになる。三十路に入ったばかりの肉房は、さすがに十代のようなピチピチではないものの、その分しっとりといかにもやわらかそうで、できたての鏡餅を思わせる。

その乳肌は他の肌以上に、白さが際立ち青白くさえ見える。透明度が高すぎて皮下の静脈が透《す》けるため、神秘的な色合いに映るのだろう。

その頂点では、色素の淡い薄紅がきれいな円を描いている。楚々とした乳頭ながら、その情感が高まれば、淫らにも存在感を増すことは請け合いだ。佳純の童顔系のやさしい面差しとのギャップもあり、より艶めかしく映るだろう。

「そんなにじっと見ないで……。恥ずかしすぎて顔から火が出そう……」

身を捩り抗議する兄嫁に、颯太は興奮して声も出ないまま、そのふくらみに唇を近づけた。

「えっ？　あん！」

吹きかかる熱い息遣いに、シルキーな声質が甘く掠れる。けれど、それっきり兄嫁は身じろぎするでもなく、ただじっとして身を任せてくれた。

つるんと剝き玉子のような乳肌は、まるでワックスが塗ってあるかのごとく、すべすべしているにもかかわらず、しっとりしてくる。

下乳に唇をあてただけなのに、ふるるんと艶めかしく揺れるのだ。

颯太は、空いている左手をもう一方のふくらみにあてがうと、その下乳から容《かたち》を潰すようにむにゅりと揉みあげた。

「んっ……くうっ……ううん……」

スライムのようなやわらかさ、スポンジのような弾力、そしてクッションのような反発力が心地よく手の性感帯を刺激してくれる。

ぶちゅっ、ぶちゅっと下乳の表面に唇を軽く吸い付けては、レロレロと乳肌を舐める。

いきなりに乳房を責めるなど、下の下の策であることは承知している。けれど、そうせずにいられないほどそのふくらみは、颯太の激情をそそるのだ。

肉房の側面にも唇粘膜を這わせ、同様に掌ももう一方の側面にあてがう。表面を磨《みが》くような手つきで舐め、ソフトに濡れ粘膜を擦りつける。

「んっ、んんっ……」

兄嫁が小鼻を膨らませ艶めいた吐息を漏らす。

こんな手順を踏まない愛撫でも佳純が感じてくれている。ならば、もっと兄嫁を感じさせたい。その想いが、乳首を口腔に含む寸前で颯太を思いとどまらせた。

熱く滾る息だけを清楚な乳萌に吹きかけ、そこを危うくかわして美しいデコルテラインへと運ぶ。

「あっ、あぁん……鎖骨《さこつ》……？　そ、そこはぁぁ……っ！」

自由な左手を佳純の首筋に這わせながら、繊細なガラス細工の如き鎖骨に唇を張り付ける。

乳首を味わえなかった不満を、鎖骨をしゃぶることで解消した。

即座に、悩ましい反応が女体に起きた。ビクンと腰が跳ね上がり、ぶるぶるっと上半身が震えた。

兄嫁も乳首を弄られるものと、身構えていたのだろう。そこを素通りされ、鎖骨に吸い付かれてしまったのだ。しかも、どうやら鎖骨は、佳純にとっての性感帯の一つであるらしく、女体のヒクつきがさらに大きくなった。

「んふぅ……。んんっ……ふぅん、ん、んんんん……っ！」

奥ゆかしくも古風な兄嫁らしく、艶声を憚《はばか》っている。

「喘ぎを漏らすことは恥ずかしいことではありませんよ。むしろ、啼き声を存分に聞かせて欲しいです。俺は、佳純さんを気持ちよくさせたいのだから、ムリに声を憚っていると、かえって苦しくなりますよ」

「だって、淫らな声を颯太さんに聞かれてしまうのは……」

なおも恥ずかしがる兄嫁に、啼かぬなら啼かせて見せようとばかりに、颯太は本格的に女体を嘗め回す。

分厚い舌を伸ばし、唾液を潤滑油《じゅんかつゆ》代わりに、触れるか触れないかの微妙な距離を保ちながら絹肌を刷《は》いていく。熱い息を吹きかけることも忘れない。

首筋やデコルテラインをくまなく舐めまわしてから、今度は女体の側面に舌を這わせ、くすぐるように舐め上げる。

「あっ、あぁ、いやぁ……んふぅ、んん、っくふぅ……ん、んんんっ」

相変わらず強情な朱唇は噤まれているものの、時折、破裂しては艶めいた声を漏らす。そこが兄嫁の性感帯と正しく解釈した颯太は、頭の中に女体マップを描き、その場所を記録していく。

そこに幾度となく舞い戻り、朱唇を破裂させては、別の場所を探索していくのだ。

「だ、だめっ……あん、そんなところ……いやぁん！」

唯一朱唇が抗議の声を漏らした場所があった。ビクンと女体も妖しく反応を示している。

脇の窪みに舌先を差し入れたのだ。

「だめ。本当にそこはダメっ。あん。ねえ。くすぐったいし、恥ずかしい……」

嫌がる兄嫁を尻目に、舌先を硬くさせグイグイ腋下に挿し入れては、ねちっこく舐めまわす。

「あん、あ、ああ、ダメぇ……」

義姉は慌てて自らの右手の人差し指を鉤に折り曲げ、それを咥えて声を抑える。

くすぐったいところは敏感な場所であり、むしろ有望な性感帯になりうるのだ、と教えてくれたのは玲奈だった。

その手ほどき通りに兄嫁の腋下を丹念に舐めてやると、徐々に美貌が艶っぽい表情になり、その声にも甘い響きが含まれていく。

気をよくした颯太は、左手を乳肌の側面にあて、リンパの流れを意識して擦りあげた。

「あっ、あぁ……。この感覚はなに？　あぁ、だめっ……。くすぐったさが気持ちよくなって……あうぅ……あっ……あぁ……」

ついには咥えていた人差し指を吐き出しては、悩ましい声を聴かせてくれるようになる。

疼くような快感が下腹部にも及びはじめたのであろう。太ももがもじもじと、その付け根の先を擦りあわせるように蠢いた。

「佳純さんの肌、本当につるすべで舐めているだけで気持ちいいです。それにどうしてこんなに甘く感じるのでしょう……？」

恐らくは、佳純が好むバニラ系のフレグランスと体臭が入り混じり、その甘い匂いが味覚に錯覚されるのだろう。

じっくりと兄嫁の発情を促すように、その全身をくまなく舐めていく颯太。乳房の頂点だけは焦らすように残し、腹部やお臍のあたりにも舌先を這わせる。

その上半身のほとんどを舐め尽くすと、腰骨だけしゃぶってから、やはり下腹部だけは放置して、美脚へと進ませる。

太もも、ふくらはぎを舐めた後、踵や足の裏、指の一本一本までしゃぶり尽くした頃には、佳純はその肌という肌をかつてないほどにまで敏感にさせ、少し颯太が触れるだけで、「あううっ」と艶めかしい呻きを漏らすほどだった。

「ああ、恥ずかしすぎるわ……。私、こんなに肌を敏感にするのはじめてよ……。全身が火照っていて……。つん、んふぅ……み、淫らにあちこちが疼いているの……。ああん、颯太さん、どうにかしてぇ……」

いつになく甘えた声で、切なさを訴える佳純。その発情っぷりは、貞淑で清楚な兄嫁からは程遠く、けれど酷く美しく扇情的で、颯太の興奮を煽り続ける。

たまらずに颯太は、ついにその本丸に攻め込もうと、腰部に未だ張り付いた白い下着に手を掛けた。

「いいよね佳純さん。これも脱がしても……」

「ええ。いいわ。佳純のおま×こ、早くどうにかして……」

ついには淫語を口にして、あの兄嫁がふしだらにねだる。

(ああ、義姉さんも、やっぱりおんななんだね。ものすごくエロくて、牝獣みたいだ。なのに、これっぽっちも美しさを損なわない。凄いよ、義姉さん……)

うっとりと兄嫁の嬌態を視姦しながら颯太は、ついにその下腹部からパンティを剝き取った。

6

「ああ、佳純さん……」

下腹部をふっくらと覆う陰毛だけが黒く、白い肌と悩殺のコントラストをなしている。

(きれいだ！　なんてきれいなんだ！　なのに、こんなにエロいなんて……)

のりのように下腹部に張り付く繊毛が、微かにそよいだ。まるで可憐な乙女のように義姉が女体を震わせているからだ。

緊張にごくりと唾を呑む颯太を、怖じ気るような震え声が促した。

「颯太さん、早く来てっ……。見られてばかりでは、恥ずかしいわっ」

下腹部を露出させたまま、佳純が両手で顔を覆った。羞恥に耐えかねた兄嫁の可憐な姿に、颯太は括約筋《かつやくきん》を閉め、パンツの中の勃起をぶるんと跳ねさせた。

「佳純さんッ！」

白い美脚の間に自らの体を滑り込ませ、義姉の秘苑に顔を近づけていく。

(うわあっ！　なんてやわらかい太ももなんだ。つるすべに頬が溶けそう……!!)

先程、掌で味わった兄嫁の熟内ももが、颯太の頬にやわらかく触れている。ねっとり濃厚ムースも顔負けの蕩ける肌触り。その膝をくいっと持ち上げさせ逆V字に置くと、ふっかふかの肉土手とぷりぷりの肉花びらが息吹くのが丸見えとなった。

楚々とした膣口があえかに開き、颯太の口唇を待ちわびている。

そのいやらしい眺めを横目に、くんくんと鼻を蠢かし、匂いの源泉を探るように股間の付け根のあたりを嗅いだ。

「ああ、だめよ颯太さん。そんなところ嗅がないでぇ！」

狼狽する佳純をよそに、ついには鼻先を股間にくっつけ、ふごふごと嗅ぎまわる。

「ああん。そんなところの匂いを嗅ぐなんて、颯太さんの意地悪ぅ……！」

伸びてきた甘手が、やさしく颯太の頬を包み込んだ。まるで恋人を咎めるような口調に、颯太は思わずニンマリする。

そっと繊毛に触れると、女体がまたしてもビクンとうねった。

濃い茂みは、見た目よりもやわらかな陰毛で形成されている。最高級の毛筆になりそうなほどの毛質をしょりしょりと梳る。

「あぁ、今度はきっと、私のおま×んこに口づけしてしまうのでしょう……。舐めてしまうのねっ……。だったら早くしてください。おま×こ疼いて堪らないの！」

見られたり匂いを嗅がれたりするよりは、舐められる方が喜悦に逃避できる分だけましと考えたのか。否、案外本気で女陰を疼かせ、若牡の口淫を待ちわびているのかもしれない。

「うん、わかったよ。佳純さん……」

やさしく囁いてから、再び視線を秘部に張りつけた。

そこは昨夜、どうしても覗けなかった極秘の花園。潜んでいたのは、あまりに卑猥で、そして美しい女裂だった。

これが三十路おんなの道具であろうかと思うほど新鮮で、まるで使い込まれた様子がない。その持ち主同様に、楚々として上品で奥ゆかしい癖に、ひどく扇情的だ。

五センチに満たない程度の紅《あか》い縦割れが、まるで唇のように、ひくひくと喘いでいる。あえかに覗かせる内部には、さらにいやらしい肉襞が、幾重《いくえ》にも折り重なり、ゆったりと揺蕩うている。

人一倍肌が白いせいもあり、清楚な純ピンクがいっそう鮮やかに際立つ。立ち昇らせているのは、生々しさを増した濃厚な牝フェロモン。その罪深く淫らな香りで、無意識に若牡を誘惑している。

まさしく淫靡としか言いようのない女性器に、颯太は声も出せない。

（ああ、だめだ。もう佳純さんに挿入したい……。だけど、もっと愛撫して高揚させてあげなくては……）

我が身に絡みつく浴衣はそのままに、大急ぎで自らのパンツを脱いだ。

佳純の視線が、飛び出した颯太の分身に張りついている。

「ああ、颯太さん、大きいのね……」

ペニスを褒められて歓ばぬ男はいない。それが愛しい相手からの褒め言葉であればなおさらだ。多少照れくさくはあったが、颯太は猛り狂う肉柱を掌でひと擦りして、自らをさらに奮い立たせた。

「佳純さん……」

再びその名を呼びながら女体の脇に寝そべった。瞬間、右の手首に激痛が走る。

「イテぇっ！」

アルミプレートで固定されていたはずが、あらぬ角度で手を突いたため、変な力が加わったのだ。

興奮状態にあるお陰で痛みは、すぐに収まったが、額には冷や汗が流れている。

「あん。大丈夫？　ムリしないでくださいね。この体勢がよくないのかしら……。颯太さんがしやすいようには……。こ、こうすれば……」

試行錯誤する兄嫁は、布団の上に四つん這いになり、颯太にお尻を捧げるように雌《め》豹《ひょう》のポーズを取った。

恥ずかしがり屋で、奥ゆかしい義姉のことだから、男の前でこのような格好をするのははじめてであろう。少しでも颯太にムリがかからぬようにと思うからこそ、それを免罪符《めんざいふ》に、恥じらいを捨てることが出来たのだ。

（うおおっ。凄いっ……！）

見事に盛り上がった二つの丸い尻肉。ムチッと悩ましい両腿の付け根で、濡れそぼった純ピンクの花びらがほんのりと口を開けている。それだけではない。その少し上でおちょぼ口のような菊の蕾《つぼみ》が、見てくださいと言わんばかりに露わなのだ。

全裸で四つん這いのおんなを真後ろから見るというのは、強烈な光景だった。もちろん、颯太とてはじめて見る姿ではないが、決して目にすることはできないと思っていた兄嫁の雌豹ポーズなのだから、その印象はまるで違う。

(義姉さんのこんな姿を見られるなんて、夢のようだ……)

いつまでも見ていたいと思う颯太だが、兄嫁が恥ずかしすぎてこのポーズを辞めてしまうのではと考え、サッと動いた。

「佳純さん。舐めますよっ」

一声かけてから、舌先を丸い尻肉に這わせる。

左手も、尻朶のやわらかいところを揉みほぐす。乳房では味わえない弾力と、いくら力を込めても壊れそうにない安心感がそこにある。

けれど、尻肉に性感はそれほど多くないと聞いている。

ならば、恥ずかしがらせる程度でここはいい。

(義姉さんのカラダ中を舐め尽くしてきたから残るは……)

颯太は濡れる舌を尾骶骨《びていこつ》に進めると、深い峡谷へと侵入させた。

「あうう。まさか颯太さん……そ、そんなところまで……舐めちゃうの?」

美貌だけを後ろに捻じ曲げ、振り返った兄嫁が問うてくる。

盛り上がる二つの丘陵の谷間に顔を沈める颯太。兄嫁と目が合い、瞳だけで「もちろん」と応え、微笑んだ。

「ああ、舐められてしまう。一番恥ずかしいお尻の穴を……恥ずかしいのに、ああっ、想像しただけでカラダが疼いちゃう……」

自分勝手で、プライドが高く、傲慢な兄貴だから、兄嫁の尻穴など決して舐めようとしなかったはず。指で触れたこともないのではないか。

であれば、処女地に颯太の舌が及ぶのだ。その昂ぶりとともに、窄まりに舌先を穿たせる。

「ひっ、ひぐっ、あぁぁぁ……」

はじめての経験に、兄嫁は背中を反り返らせた。

「こ、こんなに気持ちがいいなんて！　ううっ、うぐぅぅ」

女性器を舐められるのとは、まるで異質の快感に女体が跳ね踊る。

佳純の反応に気をよくした颯太は、そのアナル舐めをより大胆にさせていく。

「あっ、いやっ。広げないで、颯太さん……恥ずかしい」

股間をさらに大きくくつろげさせ、グイグイ舌先を突き立てていく。

丸見えの女陰とびしょ濡れになった菊座。よほど恥ずかしいのか、秘苑がひくひくしている。

それにしてもこの周辺のお手入れをどうしているのか、ムダ毛の一本も生えていない。

「あ、あぁぁ……」

目一杯に広げ、眼下に晒した小さな窄まりを颯太は唇で覆う。そうして思い切り吸引したとき、兄嫁の足の爪先までがピンと張りつめ、女体に痙攣が起きた。

「ひぃ！　そこまでしちゃ……だ、だめっ。中に、入ってこないでぇー」

丹念に舐められ陶酔のあまり緩みはじめた肛孔に、颯太は尖らせた舌を容赦なく侵入させた。

肛内で縦横無尽に蠢く舌。入口からわずか数センチの範囲なのに、佳純は内臓まで愛されている感覚に陥《おちい》っている。

「ああん、ダメぇ……お腹の中を舐めないで……あぁ、そんな恥ずかしいこと……。なのに、どうして？　あぁん、いいっ！　すごく感じるの……あひぃッ！」

清楚な兄嫁が淫らに尻を揺らし、嗚咽《おえつ》を漏らす。前の穴からは愛液がポタポタと溢れさせ、布団を汚した。

「だめ。ああ、いやぁ……。ねえ、もう、だめなのっ。イクわ。お尻の穴でイッてしまう。あぁ佳純は変態ね……！」

アナルに颯太の舌を咥え込んだまま、兄嫁は尻肉を大きく波打たせる。

(義姉さんってうしろの穴で、こんなに感じるんだ……。知らなかった……)

颯太としては、お尻の穴を舐めるのは佳純の羞恥を煽るための前菜のようなもので、その女淫を舐めてイキ狂わせる計画だった。

にもかかわらず兄嫁は、尻穴であえなくイッてしまった。

(まあ、いいか。おま×こには、ち×ぽを咥えさせてイカせよう……!)

絶頂に達した義姉の女体が、ゆっくりと前のめりに突っ伏した。

7

たっぷりと時間をかけて佳純の全身を舐め尽くした颯太。アヌスまで舌で洗うと、ついに兄嫁は羞恥の絶頂へと昇り詰めた。

思えば紗彩の時も、玲奈との睦ごとでも、右手が不自由なことをいいことに奉仕されるばかりで、自ら進んで愛撫することを怠《おこた》っていた。

けれど、佳純のことは愛し尽くしたくて仕方がなく、焦れるようなやるせなさを堪えて、ついに兄嫁をアクメさせることができたのだ。

（たまらないな……。もう我慢できないよ……）

義姉を絶頂させただけでも、震えるほどの悦びを感じられたのに、セックスまでさせてもらえるのだから、これ以上何を望むことがあるだろう。

「佳純さん……。もう挿入《い》れてもいいですか……？」

求愛しながら颯太は、自らの逸物を左手でひと擦りした。握った手を離すと、分身がブルンと勢いよく天井を向いた。

「す……すごいわ……。逞しい。颯太さん、さっきより大きくさせている……。私に挿入《い》れたくて、いきり勃たせているのね……。うれしいわ……」

「佳純さんとこうなることをどんなに夢見たことか……。佳純さんは綺麗だし、ものすごく色っぽいし……。本当はずっと抱きたいと思ってた……」

颯太の返答に、佳純が乙女のように頬を染めて「まあ……」とうれしそうにした。夫がある身でも、男に抱きたいと思わせるのはまんざらではないらしい。おんなの矜持とは、そういうものなのだろう。

「じゃあ……挿入《い》れますからね……」

「ええ……。その……ゆっくり……ね……？　久しぶりだから……」

言いながら佳純が再び四つん這いになり雌豹のポーズを取る。それが今の颯太には、一番やりやすい体位であると承知して、あえて恥ずかしい恰好で挑発してくれるのだ。

自ら姫口を指でクパッと拡げ、生殖器の結合をせがんでくるのも、同じ理由。あまりにらしくない兄嫁の姿ながら、その艶っぽさの破壊力たるや半端《はんぱ》ないにもほどがある。

「私のここ、ひどく濡れているでしょう。颯太さんが欲しくて、こんなになってしまったの」

二本の指で支えられた大陰唇の間から、とろりと女の蜜が滴る。ようやく目にした兄嫁の痴態に、颯太は頭まで沸騰《ふっとう》寸前だった。

「俺のが、欲しくて……」

一度絶頂してしまった女体は、その言葉通り颯太の分身を欲してしまっている。

十歳も年の離れた大人のおんなとして矜持を保とうとしているようだが、それでもまったく抑えが利かないらしい。

「それでも私は歳上なの。まして颯太さんは手が不自由なのだから、私がちゃんと導いてあげないと……」

自らを励ますようにつぶやく兄嫁。そのヒップに颯太は左手を添えた。欲望を込めた指を、ぐっと尻肉に食い込ませる。

「きて……」

「挿《い》れますよ……佳純さん」

颯太は汗ばんだおんなの太ももを開き、濡れた純ピンクの媚肉に切っ先を当てた。粘膜が触れあい、鈴口がピリピリと痺れる。

「んっ。もうちょっと上よ……ここ」

佳純が太幹を摑み取り、僅かにずらしてくる。

（ああ佳純義姉さんに、孔《あな》の位置に導いてもらえるなんて……贅沢すぎる！）

しあわせを嚙みしめながら腰を進める。亀頭が花びらの間を割り、くちゅっと呑み込まれた。すぐさま膣襞が野太い切っ先を包み、愛液を塗《まぶ》してくる。

「ああぁっ……佳純さんのおま×こ、すごいっ……」

額から流れ落ちた汗が目に入り沁みる。懸命に目をしばたたかせ、憧れの兄嫁と繫がっていく光景を脳裏に焼き付ける。

「んんッ……颯太さんのおち×ちんもすごいわ……ああ、はやく奥まで来て……」

シミひとつない白い背中が小刻みに震えている。それを見ているだけで、尿管がむずむずした。肉傘の張り出しをくすぐるように柔肉がねっとりとまとわりつく。

「ぐわあああぁっ……き、きもちいいっ……！」

陰嚢から精液が吸いあげられるような感覚に括約筋が窄まる。颯太としても一秒でも早く奥まで埋め込みたかった。

だが、逡巡する。肉竿を根元まで挿入すれば、今亀頭で感じている愉悦を陰茎全体で感じることになるだろう。それだけで果ててしまいそうな気がしたのだ。

「ああっ、颯太さんが私の膣中《なか》に挿入《はい》ってくる……。私、セックスしちゃってる。あの可愛かった男の子と……。ずっと私を見つめていたあの熱い目で、いまは私の恥ずかしい姿を見ているのね……」

ナマの粘膜同士が絡み合い、ずちゅずちゅと卑猥な音が生まれている。熟れた膣襞に高いカリ首が引っかかり、互いに擦れあい、鋭い快感を交換しあう。

「う、ああ……き、気持ちよすぎる……」

「はぁっ、ああっ、私も……佳純もすごく気持ちいい……っ、颯太さんのおち×ちん、すごく固くて大きくて……こんな……ああっ」

細い首を仰け反らせ、肉の愉悦に浸る義姉。下腹部だけをこねるように揺らしながら、義弟の成長を堪能している。颯太には佳純の倒錯した歓びがよく判る。同様の快感に襲われているからだ。

兄嫁を抱く罪悪感と官能とが混ざり合い、気がおかしくなりそうなほど気持ちがよかった。

「イッたばかりだからかしら、もう狂ってしまいそう。ああ、颯太さん。淫らな佳純を嗤《わら》わないでね」

人妻の矜持とおんなの嗜《たしな》みやプライド。佳純を縛ろうとするそれらのものと、おんなの欲望を天秤にかけているようだ。けれど、今はどれほどふしだらであっても、背徳的であろうとも、おんなとして乱れてしまおうとよろめいているのだろう。

佳純の方から颯太に腰を押し付けるようにして、ぐっと奥へと導いてくれたのが何よりの証拠。開ききった肉傘が膣壁を内側から押し拡げ、ムリムリムリッと侵入していく。

「うああっ……ち×ぽが吸われるっ！」

「来て来て来て……途中で止まっちゃ、いやですっ……そのまま最後まで……おち×ちんを佳純の奥までっ！」

色めき立った声に後押しされ、颯太は息を止めて逸物を根元まで穿ち込む。

「ああッ、あッ、すごっ……これ、深い……んあんっ、イイの、奥、届くのぉ……はひっ、ひっ、ひああァッ！」

硬い肉エラで膣壁を削る手応え。そのたびに、全身の毛穴が開くような愉悦が走った。切っ先で子宮を圧迫するのも佳純を悦ばせている。

「あぅんっ。来たわっ……ああ、颯太さんのおち×ちんを全部呑み込めました」

首筋を引き攣らせながらも、誇らしげに佳純がつぶやく。颯太は切っ先がコリッとした肉壁に触れたことで、膣道の最奥にまで到達したことを悟った。

(これが義姉さんのおま×こか……。想像していたより、ずっとすごい！)

兄嫁と合一できた悦びに浸っている余裕はなかった。粘膜襞が積極的に肉竿に絡みつき、射精を促してくる。いつ暴発してもおかしくないと思った。

けれど、颯太と似た感覚を佳純もまた味わっているらしい。

「ああ、颯太さんのおち×ちん、太くて、固い……。佳純の知ってるモノとは全然違う……っ」

兄嫁が膣で肉棒を咀嚼《そしゃく》するように、前後だけでなく上下にも腰を振りはじめる。大きく張った逆ハート型のヒップが、颯太の股間に何度も打ちつけられる。ぱんっぱんっと肉と肉がぶつかるたび、汗と体液が飛び散った。

「奥まで響いちゃう……ああん、なにこれ、なんなのこれぇ……知らない、こんな子宮の気持ちよさ、知らなかったのにぃ……っ」

女性ホルモンのバランスの変化で、体質や性感帯が変化していたのだろう。兄がE

Dとなりセックスが疎遠《そえん》になったため、それに気づかずにいたらしい。

「イヤ、イヤッ……ここダメ……あぁ、一番奥、揺らすのダメぇぇっ!!」

拒むセリフとは裏腹に、兄嫁自身が腰つきを止められずにいる。むしろ、その勢いは増していた。

「イク、イク……私、イッちゃう……!」

大きな瞳に涙を浮かべ、アクメを迎えようとした刹那、さらに想定外のことが起きた。颯太がその肉塊をさらに一回り膨れ上がらせ、佳純の媚肉に激しく擦りつけたのだ。

「ああん……佳純のおま×こ、颯太さんのおち×ちんにごりごり削られていますっ……颯太さんの容《かたち》にされちゃう!」

佳純が女体を仰け反らせ、目蓋をぴくぴく痙攣させている。

兄嫁の抽送が止まった代わりに、今度は颯太から腰を動かしていく。ゆっくりと抜き挿しさせるつもりが、摩擦の快感に屈して素早いピストンになってしまう。

「ああ、すごい、吸いついてきて……ううう」

颯太は起き上がってきた女体の前に腕を回し、重そうに揺れる乳房を掌に収めた。汗に濡れる肉房をぐにぐにと乱暴に揉みしだきながら、張り詰めた乳首を手指ですり潰す。

痛めている右手でも、乳房を捉えている。恋い焦がれてやまない兄嫁の乳房なのだ。ムリしてでも味わわないわけにはいかない。

案の定、鋭い痛みが響いたが、それ以上の喜悦が掌を刺激して、あっという間に痛みを消していく。脳内麻薬が快感と入り混じり、痛覚に蓋をしたようだ。

「佳純のおっぱい、たくさん揉まれてる……ああ、凄い……佳純、颯太さんにおっぱい、めちゃくちゃにされてるぅ」

たわわな柔肉が指の間からはみ出すほど強く揉んでいる。

形が変わるほど乳房を貪られることを兄嫁は歓んでいる。颯太が夢中になってくれることがうれしいのだ。

「そう、もっとよ、もっとぎゅってして……少し痛いくらいにされても大丈夫、だからぁ……あぁッ」

血行をよくしてさらに一回りボリュームを増した豊乳は、優しいタッチよりも、このように強めに嬲《なぶ》られるほうが、より深く、甘い快感を得られるらしい。

佳純の赤裸々なおねだりに応え、左右の乳房への愛撫が加速する。ただ揉むだけでなく、下からたぷたぷと持ち上げたり、出るはずのない母乳を搾るようにしごいたりと、様々に弄ぶ。膨らみの先端突起も狙った。

「あッ、乳首は、ダメ……いひぃン！　んはぁあっ、はあぁン！」

浅ましく勃起した乳首を摘み取り、弄りまわし、捻《ひね》り潰すたび、淫らな嬌声が漏れ、女体が震え、蜜壺が窄まった。

義姉の喉から甘い喘ぎを搾り取り、嬉々として颯太は、さらなる腰つきを繰り出した。背後からズンズンと突き入れる。

「あっ、あっ、あぁっ、子宮の奥をズンズン叩かれてるっ、イッちゃう……っ！　また佳純、イクっ！」

初期絶頂の兆した兄嫁の乳房をなおも鷲摑みにしては、滑らかなまろみをいびつに変えさせる。

膝立ちに起き上がった佳純の美貌が、颯太の肩のあたりで悦楽に歪んでいる。切れ長の瞳は、淫情を浮かべてトロンと潤み、焦点を合わせていない。ぽってりとした朱唇は半開きになって、セクシーに涎を垂らさんばかりだ。

（これがセックスに溺れる義姉さんの牝貌……。すごい。すごいよ。すごすぎる。ゾッとするくらいに綺麗だ……）

たまらずに颯太は、腰の律動を早めた。

「あっ、はっ、ああんッ、あぁっ、激しいっ、あああぁぁぁっ！」

唇を噛んで悶える義姉。熟した肢体は鴇色《ときいろ》に艶めき、すっかり発情しきっている。口端からたまらないとばかりに婀娜《あだ》っぽい声を溢れさせる。久方ぶりに味わう快楽電流が兄嫁の脳を灼《や》いているのだ。

「はぁっ、ああっ、いやぁ、我慢できなくなっちゃう……。また佳純は恥をかいてしまいそう……っ」

「ごめん、俺も気持ちよすぎて我慢できなくてっ」

理性を彼方に置いたまま、粘膜同士の擦れ合いを続ける。美貌は艶やかに乱れ、やわらかな乳房が、ふるふると淫らなダンスを踊る。半開きになった朱唇からは、涎がつぅっと垂れていた。

「ああっ、はぁっ、義姉の私を相手に、ああっ、こんなに固くさせて……ほんとにいけない人……あっ、あっ、ああっ！」

激しい抜き挿しに、佳純の女体が倒れる。再び、布団に両手をつき、裸身を四つん這いに支えた。豊満な乳房が釣り鐘状に容《かたち》を変え、前後に重々しく揺れている。

「佳純さん、好きです。ああ、このエッチなカラダ、もう誰にも渡したくない」

独占欲を口にして、太い肉棒をネチャネチャと抜き挿しさせる。ジュワッと媚肉の隙間から攪拌されて泡立った蜜が溢れ、シーツを汚した。

「あはぁ、そんな甘い言葉でも悦ばせるなんて……。私、十歳も年下の男の子にすっかり翻弄《ほんろう》されている……つくづくおんなは不利ね」

おんなの弱さを嚙みしめるように佳純が瞳を向けてくる。

「佳純はもう颯太さんのモノ……。この身は一生、颯太さんに捧げます」

「嬉しすぎる。この大きなお尻も、感度のいいおっぱいも、すべて俺のモノなんだね……！」

大ぶりの乳房や脂のりした脇腹に、手指を這いずりまわす。愛を確かめたことで、颯太の昂ぶりはいっそう激しくなった。

「んんっ。たとえ側《そば》にいられない時も……。佳純の心は、このままどこまでも颯太くんと一緒よ……ほうぅっ、あはぁんっ！」

ズドンと気合いの入ったストレートを撃ち込んだ。兄嫁の美しい足の甲が猫脚のように反り返り、清楚な顔が快美に歪んだ。

さらなる突き入れを覚悟し、身構える佳純に、だが急に、ストロークを和らげる。

「ああ、この独特のリズム……。颯太さんは、セックスの天才かも……」

その腰使いは、佳純の反応を見て変えている。

直線的に突くときもあれば、腰にひねりを加え、奥を穿つときもある。兄嫁を狂わせるため、快楽に溺れさせるため、絶妙の間隔で腰つきを喰らわせる。

「あん、そこ、そこ……はああ、ああ、ぁぁ」

とは言え、佳純もただ受け身ばかりでいるわけではない。

キュッと菊座が窄まると同時に、心地よく蜜壺が締め付けてくる。それも膣口と、中ほど、さらには奥に収めたカリ首のあたりを三段締めにして、強い刺激を与えてくれるのだ。

「ああ、佳純さんが締め付けてくる。俺の精液をねだるように、きゅーっと蠢いている」

肉棒全体を隙間なく包み込むようにキューーッと蠕動《ぜんどう》している。いわゆるキツマンでありながらただ狭いだけではない。やわらかい膣襞がねっとりと吸い付き、くすぐり、あやしてくれる最高の締まり具合だ。

「ぐふうう。佳純さんのおま×こやばい。隅に置けないのは佳純さんも同じです。清楚で上品に澄ましていながら、こんなにエロいおま×こしているのだから……」

息も絶え絶えに喘ぎながら、緊急避難で肉柱を浅瀬に逃がす。すると、明らかに佳純の様子が変化した。むろん、颯太はそれを見逃さない。

「ああ、佳純さん。入り口の方も感じるのですね……。いや、むしろ、こっちの方が本命かな……？」

言いながらズズッと腰を引き、肉棒の入射角を下に向ける。ピンポイントで狙い撃ちに膣の浅瀬を掘り起こした。

「はあああ、ダメよ。そこはダメなの。そこを擦られると佳純、乱れちゃう……はあああ」

たちまち兄嫁の全身の筋肉が弛緩《しかん》し、力が抜け落ちる。四つん這いの女体が、どっと前方に頽れた。

「ダメなの……。そこばかりそんなに擦らないで……。あ、あぁん、こんなのダメぇ……お漏らししてしまいそう」

ともすると粗相《そそう》してしまいそうなほど、気持ちよすぎて踏ん張りが利かないらしい。兄嫁が今までにないほど狂ったように啼き叫んでいる。

「ダ、ダメよ。そこ、そこだけは、いけないわ。はあ、あぁぁぁぁ……」

「やっぱり、ここが佳純さんのGスポットなのですね。そうかぁ。佳純さんの急所は、普通の人よりも浅瀬にあったんだ」

義姉は快感に溺れて気づいていないが、颯太は若女将から学んだ知識を惜しみなく投入していた。それゆえ一度見つけた勘所は、容易に手放さない。

「こ、これがＧスポット……。ああ、佳純、クセになってしまいそう」

夫からも開発されたことのない禁断の悦楽スポットを、その弟から嫌というほど教えこまれている。それは佳純の人生観を覆すほどの快美感であり、文字通りの啼き処であるに違いない。

兄嫁の媚肉に、これまでにない粘り気が滲みだした。

「あはぁ、もうダメぇ。狂ってしまう。颯太さん、お願い……佳純は、もう、あっ、あっ、あああぁぁぁ～～ん……っ！」

汗ばんだ額に髪を貼りつかせ義姉が悶絶した。絶頂の大きな波が押し寄せたのか牝肉のあちこちを痙攣させている。白い背筋までが淫らにヒクついているのには、さすがに驚いた。

（こんなところの肉までが、淫らに悦んでいる……。佳純さん、なんてエロいんだ……！）

イキ乱れるふしだらな兄嫁の痴態に煽られ、気がつくと颯太にも余命がいくばくもなくなっていた。やるせないまでの射精衝動が、焦燥感を伴《ともな》って疼いている。

「ああ、佳純さん。俺ももうダメみたい。射精《だ》したくて仕方がないんだ……」

「来て……。佳純に構わず、いつでも射精《だ》していいのよ……。膣中《なか》に思いっきり出して。颯太さんの子胤で佳純を孕ませてっ……！」

膣内射精を許され、それに反応した分身が跳ねた。勇んで颯太は、男女の分泌液が溶けあう胎内を攪拌させる。

「射精《だ》すよ。射精《だ》すから佳純さんも腰を振って！　俺のち×ぽを締め付けて……」

義理とはいえ姉弟だけあって、ピストンのタイミングはピッタリと息が合っている。

颯太が背後から抜き挿しさせるたび、豊満な乳房がぶるんと弾み、ピンクの尖りが舞った。怒張を最奥にズンズンと突き刺し、子宮口と何度もキスをさせる。

あれほど牝啼きを憚っていた兄嫁の姿はもうどこにもない。奔放に喘ぎながら押し寄せる快感を貪っている。

「ああ、佳純さんとセックスできただけで最高なのに……。ぐふぅ。な、膣内《なか》に射精《だ》せるなんて！」

「ください。早く、ください。颯太さんの精子……。欲しいの。ねえ、欲しいの……一緒に、佳純もイクからっ。早く子宮に浴びせてぇ！」

受胎を求める本能が、佳純の昂ぶりを高め、子宮の位置を降ろす。

膣奥からは渾々《こんこん》と溢れる甘蜜が、深々と繋がった男女の生殖器を溶かしていく。

ただのセックスではない、相手は兄嫁の佳純だ。十年愛に恋い焦がれたおんななのだ。その事実が、颯太の快感を極限まで増幅させる。

「あはぁ……子宮の近くまで届いていますぅ……お腹が熱いの……おち×ちんで温められてる……あンッ……あぁ……佳純おかしいの……イクのが止まらないぃ」

ついに連続絶頂に打ち上げられた兄嫁に、颯太の我慢も限界に達した。いや、颯太にすれば、これほど耐えたのははじめてだったかもしれない。

「ああん。もうダメ。またイキそう。あぁ、そのまま颯太さんの太くて大きなおち×ちんで強く愛してっ……イク、イク、イク、佳純イクぅ〜〜っ！」

紅く頰を上気させた兄嫁が、両手をピーンと突っ張らせ、艶やかなロングヘアを振り乱しながら卑猥に叫んだ。

その甘い啼き声が、颯太のトリガーも引いた。

グンと強く腰を押しだし、義姉の膣奥に切っ先を挿し入れて、菊座の縛《いまし》めをついに解いた。途端に、尿道を熱い牡汁が一塊となって遡《さかのぼ》る。

「ぐわあああああ。佳純ぃぃ〜〜っ！」

愛しいその名を叫びながら灼熱の精白濁を吐き出す。

双方の快楽が二倍三倍に膨れ上がり、二人は一気に上り詰めた。

肉という肉が官能に打ち震え、脳みそが悦楽に蕩けてしまう。

「佳純……愛してるっ！　愛してるよ佳純ぃ～～っ！」

露わな乳房を荒々しく揉みしだきながら夥《おびただ》しい牡液を吐精する。

「ひうッ！　あっ、ダメ……んあっ、はあっ、そんなに激しくぅ……あぁっ！」

颯太が撒き散らした精汁が子宮口にべっとりと張り付いている。それを兄嫁の子宮がぐびぐびと呑んでいく。

「ああ、ナマでしちゃったわね……。こんなに沢山、射精《だ》されたら本当に佳純、颯太さんの子を孕んだかも……」

颯太にもその手ごたえがあった。たとえ、今日が兄嫁の安全日であっても、颯太の子胤の多さであれば妊娠は免《まぬが》れないように思える。

相変わらず、二人の未来には不安があるが、それでも颯太は晴れ晴れとした気持ちだった。

終章

「全然やみそうにありませんねぇ……」

温泉に浸かりながら颯太は、のんびりとした口調で言った。

分厚く空を覆う雲のせいで、まだ昼下がりだと言うのに夕暮れのような薄暗さだ。

雪に閉ざされてもう二日。本来であれば、これからどうなるものかともっと切羽詰まった感じがあってよさそうなものだが、まるで危機感はない。

「この分だと、やはり明日も帰れそうにありませんね……」

むしろ嬉しそうに言いながら颯太は左手で湯を掬い、佳純の絹肌にかけ流した。

静まり返った部屋付きの露天風呂に、義姉の荒い呼吸音だけが響いている。

その股間には、颯太の肉棒が突き刺さっていた。

上半身を水面から出し、下半身を湯に漬けたまま颯太の太ももの上、対面座位で佳純が乗っているのだ。

上半身は雪が降るほどの冷気に冷やされるから、いくら温泉に浸かっていても逆上《のぼ》せることはない。

シミひとつない下半身や豊かな双乳を颯太の体に密着させ、その麗しい美貌をまるで耐えがたき苦痛でも受けているように歪ませている。

けれど、愛しの兄嫁は、決して苦しみを堪えているわけではない。むしろ、その真逆の悦楽に意識を朦朧とさせているのだ。

「大丈夫？　佳純さん……」

淫らにイキ極めたばかりの美貌を覗き込み、わななく朱唇をちゅっと掠め取る。

何度、目の当たりにしても兄嫁のイキ貌は、あまりにふしだらで、酷く淫靡で、そして凄絶に美しい。

(こんなに美しいアクメ貌を俺のち×ぽで晒してくれるのだからたまらないよ……。しかも佳純さん、イクたびにどんどん美しさを増していくみたいだ！)

結ばれた夜以来、颯太は何度も佳純を抱き、悦楽の淵に兄嫁を導いては、その牝壺の中に精を放った。

折しも時ならぬドカ雪に見舞われ、身動きが取れなくなったことをむしろ幸いに、朝となく夕となく閨《ねや》に籠りきりで、牝肉を貪ってきた。

後背位から子種を注ぎ、騎乗位で白濁を吐き出し、屈曲位で子宮を犯す。

その疲れを部屋付きの露天風呂で癒しては、また肉塊を兄嫁の女陰に埋め戻す。

一日の大半を牡牝の性器を結び付けて過ごし、二人が交わらずにいたのは、それこそトイレタイムと掃除などで宿の係が来ている時くらいのもので、食事中や僅かな睡眠時間さえ、兄嫁の膣中に分身を埋め込んで過ごした。

「さっき、仲居さんたちに話を聞いたら、結構、ここではこういうことが珍しくないそうですよ。まあ、さすがにこの時期の雪は想定外だったらしいですけど……」

それでもここの人たちは、慣れているらしく、こんな事態に備えてふんだんに食料も備蓄されているそうだ。

昼には、若女将が昼食を携えてやってきて、今回の宿泊料は全て宿持ちにすると言ってくれた。

「田舎宿で除雪が追い付かずにご迷惑をおかけしている上に、ありあわせの食事しか用意できませんので……」

表向きそれが理由であったが、帰りしな若女将は「お腹の赤ちゃんの父親から、お代を頂くわけにはいきませんから……」と、耳打ちしてくれた。

おんなの勘なのか、身体が告げるものなのか、玲奈には颯太の子を受胎した確信があるらしい。

（まずいよなあ。同じ日に姉弟を仕込んでしまったなんて……。あれっ、この場合、どっちが兄とか姉になるのだろう？　やっぱ仕込んだ順じゃなく、産まれてくる順番だよな……）

玲奈に子を孕ませた、その晩に颯太は佳純も孕ませた手応えがあった。それも佳純に似たカワイイおんなの子を。理屈ではない。何となく判ってしまうのだ。

けれど、そのことは兄嫁には話していない。ここで佳純と蜜月を過ごす大義名分が失われてしまいそうで怖いのだ。

もっとも、佳純も玲奈同様に、自らの妊娠を確信しているようで、颯太にカラダを求められるときに、「赤ちゃんに障《さわ》らないかしら……」と、気にする素振りを見せている。

そんな兄嫁に颯太は素知らぬ顔で、「身籠ったかどうかも判からないのに、そんなことを心配してもしょうがないでしょう」と宥《なだ》め透かしては、魅惑の肉壺に分身を漬け込んでいるのだ。

予報では、明日の午後には小降りになって、除雪作業も夜までには終わるだろうとの見込みだった。

つまりは、こんな風に愛してやまない兄嫁の肉体を好きに弄ぶのも、あと二晩で終わりを告げることになる。

ならば寸暇を惜しみ、さらに兄嫁と交わらなくてはならない。

颯太は単なる種馬に甘んじるつもりなど毛頭ないからだ。

ここで過ごす貴重な時間は全て、佳純を兄から寝取るために費やすつもりだ。

(たっぷりと佳純におんなの満足を与えるとともに、心まで蕩けさせて堕《お》とす……。二度と俺から離れられなくするんだ……！)

それが佳純のためになると颯太は信じている。たとえ歴史ある家を存続させるためであっても、そのために兄嫁を縛るなど許されない。

(そこに愛があるならともかく、家のためになんて……！)

颯太には佳純への溢れんばかりの愛がある。大切に想う労《いた》わりがある。むろん佳純の意思は尊重する。颯太の想いを告げた上で、佳純が何を選択するかは彼女の自由だ。

(もしかすると、義姉さんのことだから藤原の家で暮らすことを選択するかもしれない。俺の子を産み、跡取りとして育てる道を選ぶかも……)

そんな選択をして欲しくはないが、それを妨《さまた》げようとはしないつもりだ。

(万が一、佳純がそれを選択しても、俺は佳純を愛する。すべて受け入れる。愛するとは、そういうことだろうから……）

　そうなった場合は、また人目を忍んで、二人でここに来ればいい。ここはそういう場所なのだ。

「義姉さん……。いや、佳純。愛してる。愛してるよ、佳純……」

　込み上げる兄嫁への愛に押され、颯太は当たり前のように佳純の朱唇に吸い付いてしまう。

「んふぅ……。颯太さん、私も……。あぁ、佳純も颯太さんを愛してる」

　そのまま舌を伸ばして、佳純の唇をぺろぺろと舐めまわす。兄嫁も目を閉じたままで舌を伸ばし、粘膜を絡ませてきた。

「むふぅ、んぅ……レロレロン……ぐふぅぅ……っ」

「あぁぁん……ほぉぉ……ほうんっ……あっ……あぁぁ～～っ」

　颯太は舌を絡めたまま左手を忙しくさせ、佳純の性感帯のあちこちをまたもあやしはじめる。

「あ……あふぅ……んっ……あぁ、そこ……あぁん、そこも……」

　兄嫁の性感は全て颯太の脳内マップに記録されている。どのように触り、どんなふうに愛せばいいのかまでが詳細に。

ただでさえ敏感にさせている肌が、さらに火照るように、その性感をさらに煽るように、左手の動きを徐々に大胆にさせ、撫でさする範囲もさらに広げていく。

朱唇から離れた口腔を、兄嫁の首筋やデコルテにあて、汗にぬめる美肌に吸い付かせる。

佳純の女体がビクンと揺れるのが愉しい。左右の柳眉を眉間に寄せ、ぽってりとした朱唇をわななかせる官能的な表情を視姦するのが嬉しい。

(佳純さんのカラダ、温泉と汗でヌルヌルすべすべになっていて超気持ちいい……。ふわふわ感は、でっかい軟体動物を抱き締めているみたい。人魚姫とかを抱くのって、もしかしてこんな感じかな……)

次々に湧き起こる猥褻《わいせつ》な妄想に耽っていると、首筋に絡められていた兄嫁の腕がぎゅっと力を込めてくる。

至近距離にあった美貌がゼロ距離にまで近づき、再び互いの舌が絡められた。

気がつくと佳純の瞼は開かれて、その瞳が妖しく微笑んでいる。

(うわああ。エロい妄想がばれた……？)

集中が削《そ》がれていたから気づかれたのかもしれないが、思えばお互いを知ってから十年になるのだから、夫婦のように考えていることを読まれても不思議はない。

「んふぅ……あ、あんっ……」

兄嫁が上体を蠢かし颯太の体に擦りつけてくる。尖ったままの双《ふた》つの乳首が颯太の胸板をくすぐった。

（佳純さんのおっぱい、やばい……。エロすぎる……。俺を悦ばせようと擦りつけたのだろうけど、佳純さんの方が気持ちよくなっちゃっている……）

兄嫁の嬌態に煽られた颯太は、自らも上半身を揺すって、胸板に佳純の乳首を擦らせる。ぶつかった豊かな双乳が、やわらかくひしゃげ、押しつぶされては、佳純に甘い声を零させる。

「あぁ、早く右手が自由になればいいのに……。そうしたら思う存分、掌に佳純の乳房を捕まえて揉んであげるのに……。指先で乳首を摘まんで、すり潰すこともできるのに……」

利き手を骨折してから何度も不自由を感じてきたが、こんなにもどかしく思うのははじめてだ。

「あ、あぁぁん、あぁ……」

その恨めしさをぶつけようと、颯太は義姉の太ももの外側から手を回し、やわらかな桃尻をぎゅっと鷲掴みにした。

「はぁぁぁっ、あぁ、お尻が……はぁぁん」

華奢な義姉の肉体にあって、どこよりも脂肪に包まれている尻肉であれば、多少乱暴にしても心配はない。

それをいいことにぐにゅんぐにゅんと揉みしだいては、尻肉を指と指の間からひり出していく。普段であれば、さほどの性感を得られないはずの尻朶でさえ、肌という肌を敏感にさせているから感じまくるのも当然だ。

「ああん……変なの……佳純、おかしいの……お尻までこんなに感じるなんて……」

喘ぎ交じりの佳純の言葉で、不意に颯太は思い出したことがある。

昨夜、兄嫁がはじめてイキ貌を晒した時のことを。

颯太に尻穴を舐められた上に、舌先でほじられるうちに、ついに佳純は絶頂してしまったのだ。

「そうでしたね。ここも佳純の性感帯だったね……」

尻朶から手を離した颯太は、そのまま指先を裏側へと進め、尻の谷間を探った。

「あ、ダメっ。そこはダメなの……。颯太さん、やめてっ！」

「でも佳純は、すべて俺の好きにさせてくれると言いましたよ。だから、お尻の孔《あな》も好きにさせてもらいます！」

嘯《うそぶ》く颯太に、美貌がふるふると左右に振られる。

「ああ、そんな……。佳純、またお尻を弄られてしまうの……？　あっ、ああん、いやぁん！」

これほどまで佳純が抗うのは、羞恥からばかりではない。兄嫁も肉の狭間に昨夜の記憶が蘇るのだ。

恨めしげな瞳が見つめてくるのを無視し、颯太は指を進め羞恥の窄まりに触れてしまう。そのまま菊座の表面を指先で解《ほぐ》すように撫でまわした。

「ああ、だめぇ……ダメなのに……。ああ、颯太さん、やっぱりダメっ……あ、あああぁぁ……」

ヒクつく菊座を指で触診しながら、窄まりの中心にゆっくりと突き立て、そのまま裏門をこじ開ける。ぬめりのある温泉が、潤滑油の役割を果たした。

「あああぁ、そんな……入れちゃダメぇ……ダメなの、あああぁぁぁっ！」

直腸への指の挿入を阻止しようと括約筋に力が入る。お陰で、膣孔に埋めていた肉棒も根元から先の先まで全て余さず、ぎゅっと締め付けられた。

「おおおおおおっ！　わわわわっ……。すごい、すごい、すごい……締められる……ち×ぽが、ぎゅううううって、締め付けられる……」

「あはぁ、だって、ダメなの……。颯太さんが、佳純のお尻に意地悪するから……。あぁん、いやぁ……。まだ入れてしまうの？　あぁぁん……」

恥じらい喚《わめ》く兄嫁がカワイイ。その声に満足した颯太は、指の侵入を第二関節のあたりまでで止めた。

「おおっ。お尻の締め付けもすごいです……。指が痛いくらい……。ほら、少し緩めてください。血が止まってしまう……」

「あああぁぁぁ、緩めるなんてそんなことをしたら、絶対颯太さんはいやらしいことをするのでしょう？　佳純のお尻の孔に出し入れさせてしまうのだわ……」

颯太が見抜いた通り、兄嫁にとって菊座は快感スポットであるらしい。理知的な佳純が、これほど狼狽えているのだから相当だ。

「お尻から指を抜いて欲しいなら俺を射精させてよ。そうしたら指を抜いてあげますから……」

尻穴を弄んでいるせいか、いつになくサディスティックな気分が湧いている。

指図する颯太に、またしても恨めしげな眼差しが、じっと向けられる。

「わ、判りました。颯太さんを射精させればいいのね……」

小さく頷いてから義姉が、蜂腰を戦《そよ》がせていく。佳純とて人妻だから、男の生理は承知している。

颯太の肩に顚を載せ、腰を揺すり続けている。

「あぁぁ、はぁぁん。イッて。早くイッて、じゃないと、佳純の方が切なくなっちゃう……」

「ああ、いいよ。佳純。いやらしい腰つきだ。熱くて奥まで濡れ濡れのおま×こが、ち×ぽのあちこちに擦れます……」

「ああ、いやらしい腰つきなんて言わないで。佳純だって、自分の淫らさは判っているの……。あぁん、なのに腰を止められない……。颯太さんを気持ちよくしてあげるつもりなのに……あぁ、また佳純の方が……」

最奥まで肉柱を導いたまま兄嫁の蜜壺がグラインドする。抜き差しではなく密着したまま円を描くように肌が擦れていく。

「うおっ！　佳純っ、動いてるよ。佳純のおま×こがヒクヒクと俺のち×ぽに巻きついてくる。おま×この中で混ぜられていると、すごく気持ちいいんだ」

「佳純もよ。恥ずかしいのに、とても気持ちいいの。颯太さんの……あなたの愛が感じられるから……」

兄嫁にはじめて〝あなた〟と呼びかけられたのが、物凄くうれしい。

義姉の左手薬指には、宿の売店で買った指輪が煌めいている。同じものが颯太の薬指にも。

二人だけの秘密ではあったが、義姉は颯太の妻となってくれたのだ。

儚い泡沫の夫婦でも構わない。佳純は颯太の妻だ。それもとびきり淫らで、とびきり美しい猥婦なのだ。

「あぁ、あなた……もう佳純は……。あぁん、狂ってしまいそう……」

グラインドしていた腰つきがどんどん激しくなっていく。前後にも大きく揺すりながら、膣孔の襞という襞を肉棒に擦りつけてくる。

踊る腰が温泉をびちゃびちゃと波立たせている。その水音がまるで、互いの性器から漏れる二人の交わる音に錯覚される。

「あぁぁ、もう……もう……あぁあぁぁん、ああああっ……だめなのに……イっちゃう……あぁ、あなた……あなたぁぁぁ……」

扇情的に牝啼きする新妻に、最早颯太もじっとしてはいられなくなった。左手の指を佳純の恥孔に挿し込んだまま、下から何度も腰を突き上げる。

無意識のうちに尻に回した左手に力を込め、女体を持ち上げようとしているから、微妙な力が肛門にも加わっている。その度に菊座がぎゅっと締めあげられ、巻き添えに肉棒も強く締め付けられた。

「佳純。ああ佳純。すごいよ。締め付けてくる……おま×こが……。ヌルヌルなのに、ぎゅって締めつけるんだ……。すごいよ。最高だ……気持ちいいよぉぉぉ〜っ！」

羽化登仙の心地よさに、颯太は魂まで抜かれていく。ついに喜悦が沸点にまで近づいたらしい。陰嚢が発射前の凝固をはじめている。

「佳純。気持ちいいよっ。ち×ぽに擦りつけてくるおま×こも……。胸に擦れるおっぱいも……。ももを擦る尻肉も……。佳純の全部が気持ちいい……。好きだよ。佳純っ……愛してるっ！」

「ああ、あなた……佳純もよ。あぁ……颯太さんの全部が……大好き……あああぁっ……ああん……。ねえ、好きなの……あぁ……好き、好きぃぃ……っ！」

佳純の蜂腰がさらに大きく揺らぎ、ずぶんずぶんと勃起の抜き挿しをはじめる。

悩ましくお腹がくね動いては、膣肉を強く打ち付けてくる。

「ぐうぉぉぉっ。佳純のいやらしいおま×こに射精《だ》すよ……あぁぁ、イクっ！」

「ほおおおぉ……。お、お願い！ 射精《だ》してっ……。佳純も一緒にイクから……。あなたの熱い精子をお願いぃぃ〜〜っ！」

若牡の精を子宮で受け止めるため、新婦は発情した尻をなおも振って新郎の噴精を煽る。佳純が、その存在そのもので颯太の快感を高めてくれる。凄まじい快感。目も眩むほどの悦び。耳を劈《つんざ》くほどの興奮。全てが牡獣の満足へと結実していく。

ドップンッ——自分でも今まで耳にしたことがないような射精音。亀頭部が破裂したのかと思うほど、鈴口が爆《は》ぜ、精液が撃ち出された。

さすがに量は少なくなったが、その濃厚さや勢いは衰えていない。白濁の塊が新妻の子宮口にぶつかり、すでにイキ極めていた牝肉をさらに高みまで導いた。

逞しい新郎にきつく抱き締められた牝嫁は、情感たっぷりに颯太の名前を何度も何度も呼んでいる。

ひしと颯太にしがみついたまま、佳純の意識は忘我の淵を彷徨《さまよ》っている。

「ああ、佳純。こんなにエロい貌をして……。目の焦点もあってないじゃん……。ああ、でも佳純はやっぱりいいおんなだね。ほら、キスしよう」

「んんっ、あなた、好きよ……んふぅ、愛しています……」

佳純の朱唇に颯太は自らの唇を重ねていった。そのまま互いの想いを確かめ合うように、激しく舌を絡ませる。

愛しい美貌が淫蕩《たゆと》うて、牝に堕ちている。

帰るまでに、この美しい新妻にあと何度こんな貌をさせられるのか。

佳純を説得し、若女将にムリを言って、さらにあと一週間ほど滞在を伸ばそうか。

（一週間もあれば、玲奈も交えて三人でエッチできるかも……！）

湧き上がる妄想に、颯太の分身までが膨らんでいく。

無尽蔵の性欲は、やはり、この温泉がもたらすものか。

我が身に起きていることながら、颯太にも本当のところは判らない。何はともあれ、また佳純と交われることがたまらなく嬉しい。

颯太は多幸感に押されるように、その肉塊を新妻の女陰に咥えさせるのだった。


（了）

※本作品はフィクションです。作品内に登場する
団体、人物、地域等は実在のものとは関係ありません。

発情温泉《はつじようおんせん》の兄嫁《あによめ》

〈書き下ろし長編官能小説〉

2021年11月22日初版第一刷発行

著者……………………………………………北條拓人

デザイン………………………………………小林厚二

発行人…………………………………………後藤明信

発行所……………………………………株式会社竹書房

〒102-0075　東京都千代田区三番町8-1

三番町東急ビル6F

email：info@takeshobo.co.jp

竹書房ホームページ　http://www.takeshobo.co.jp

印刷所……………………………中央精版印刷株式会社

■定価はカバーに表示してあります。

■落丁・乱丁があった場合は、furyo@takeshobo.co.jp までメールにてお問い合わせください。